KB261096

장우야 다음에,
내일도 학교에
오느라

창우야 다희야, 내일도 학교에 오너라

김용택 지음

문학동네

■ **일러두기**

• '김용택의 섬진강 이야기'는 1948년부터 2012년까지 섬진강 마을의 역사와 사람살이를 기록한 산문집이다. 마을 사람들의 정서와 언어를 훼손하지 않기 위해, 입말과 방언은 표준어로 고치지 않고 살려 썼으며, 지역명은 현 행정구역명과 다를 수 있다.

• 『창우야 다희야, 내일도 학교에 오너라』는 저자가 마암분교 교사로 재직하던 시절 아이들에 대해 쓴 글들을 골라 묶은 것이다. 각 글은 시간 순서가 아닌 주제별로 구성되어 있다.

마암분교

창우는 군대 가고
다희는 병원에 있다.
초이는 군산에 살고 있다.
어제 초이에게 전화할 일이 있어
전화했더니
진욱이 형 진하는 결혼했단다.
규봉이는 어디 있는지?
창희는? 세희, 소희는? 진욱이, 진산이는? 동수는?
인수, 현수는? 다솔이, 창희는?
마암분교는 본교로 승격,

마암초등학교가 되었다.
호수는 그대로 있고,
차를 타고 호숫가를 지나다가
두나네 집과 현자, 현정이네 집을
본다.
현정이 아버지가 길을 걸어가는
모습을 볼 때도 있다.
내 생이 빛났던 곳,
새와 바람과 햇살과 눈과 꽃과 아이들이
하는 일을 보고 그들을 따르며 행복했던 곳,
마암분교! 사람들은 그곳이 내 고향인 줄 안다.
맞다. 그곳은 내 생의 고향이었다.
아이들이 붉은 감처럼
내 생의 가지가지에 매달려 있는
내 생의 나무가 자란 곳,
내 서툰 하루가
꽃이 되었던 내 마음의 고향
마암분교.
그곳을 생각하면
바람 소리 속에서 아이들의 고함 소리가

들린다.

아이들이 바람을 뚫고 나를 향해 달려온다.

2013년 1월

김용택

새 학기

새 학년, 새 학기가 시작되었다.

올해는 다솔이와 창희가 1학년이 되어 내 앞에 앉아 있다. 다솔이와 창희, 이 둘이 내 앞에 앉아 호기심 가득한 까만 눈으로 나를 바라보는 모습은 나를 세상에서 가장 아름다운 사람으로 만든다.

이 아이들에게 내가 누구이기에, 이 아이들의 인생에 내가 무엇이기에, 이 아이들이 어디에 있다가 나를 찾아와 이렇게 호기심에 가득 찬 눈으로 나를 바라보는가. 아이들의 이런 눈동자를 바라보면 나는 온몸이 다 서늘해진다.

그렇다. 온몸이 다 서늘해지는 끝없이 까만 아이들의 눈동자들을
바라보며 이 세상이 아름답다고 노래하며 나는 살았다.

2000년 봄 꽃같이 고운 아이들 곁에서

김용택

개정증보판을 내면서

이 책은 마암분교 시절

아이들 이야기를 쓴 『촌아 울지 마』를

개정증보한 책이다.

마암분교를 떠나온 지 1년이 넘었다.

책을 다시 읽으니

그때 일들이 주마등처럼 지나간다.

아이들이 꽃이 되고

내가 꽃이 되던 행복한 날들이었다.

나는 그때, 세상을 인생을 새로 배웠다.

몇 편의 글을 새로 써넣었고,

많은 글들을 새로 손보았다.

나의 아내는 내 모든 책 중에서 이 책을 제일 좋아한다.

때로는 눈물을 글썽이고 때로는 박장대소하며

날마다 아이들에 대한 내 이야기를 듣던 아내는

어느 날 학교에 처음 와서

"네가 창우구나."

"네가 귀봉이고, 네가 초이지?"

해서 나와 아이들을 놀라게 했다.

꽃과 바람과 아이들과 나, 그리고 세상의 모든 어린이들에게,

그리고 아내에게 이 책을 바친다.

2003년 여름 섬진강 강물이 보이는 괄란헌에서

김용택

아이들과 함께 지낸 아름다운 날들

내가 근무하는 학교는 아름드리 벚나무가 학교를 뺑 둘러싸고 있다. 그 벚나무에 하얀 뭉게구름 같은 꽃이 피어나더니, 이제 그 꽃잎이 눈송이처럼 하얗게 날린다. 꽃잎은 떨어지며 바람을 타고 날아가다가 운동장에 떨어져 굴러간다. 산과 들, 세상 곳곳에 꽃, 꽃, 꽃이다. 아이들이 뛰노는 학교는 꽃 속에 둘러싸여 있는 동화 속 나라 같다. 아이들 서너 명이 꽃잎 날리는 운동장에 앉아 있고, 몇몇 아이들은 떨어지는 꽃잎을 따라다닌다. 추운 겨울 실가지 끝에서 겨울을 지낸 꽃눈은 봄이 되면 서서히 그 꽃망울을 열어 세상에 자기의 아름다움을 표현한다. 하얀 꽃으로 며칠을 뽐내며 사람들을 부르던 꽃은 또 바람을 타고 꽃잎이 되어 우수수 땅에 내린다. 꽃잎

이 바람을 타고 멀리 날아가는 허공을, 날아내리는 맨땅을 나는 오래오래 바라본다.

덕치초등학교는 내가 졸업한 초등학교다. 그리고 나는 이 학교에서 띄엄띄엄 20년을 근무했다. 그러니까 지금 이 학교에서 29년째를 시작하고 있는 것이다. 내가 1학년으로 입학했을 때 이 학교에는 교실이 없었다. 6·25전쟁으로 교실이 모두 불타버린 것이다. 우리는 지금 꽃잎이 떨어지는 저 벚꽃나무에 칠판을 달아놓고 '가갸거겨' 공부를 했다. 공부를 하다가 비가 오면 집으로 가야 했고, 어떤 날은 아침부터 비가 와서 아예 학교를 가지 않기도 했다.

이 학교를 졸업하고 몇 년이 지난 어느 해, 나는 이 학교 선생이 되어 다시 왔다. 덕치초등학교 근무 5년 만기가 되면 이웃 학교에 가서 1년을 있다가 다시 와서 또 5년, 이렇게 왔다갔다하다가 지금 다시 다섯번째로 이 학교에 와서 근무를 시작했다.

이 학교로 발령을 받고 온 그 이튿날 공부시간에 호영이라는 놈이 벌떡 일어나더니 "선생님, 우리 할아버지가 그러는데요, 선생님하고 우리 할아버지하고 동창이래요. 그리고요, 저희 아버지도 선생님이 가르쳤대요"라고 했다. 세상에, 그렇구나. 자세히 보니 호영이는 내 친구인 호영이 할아버지와 내가 가르쳤던 호영이 아버지를 빼다 박았다. 호영이가 그렇게 입을 열자 아이들이 모두 우리 엄마도 선생님이 가르쳤다, 우리 아버지, 우리 고모, 우리 이모, 우리 삼촌을 들먹였다. 2학년 우리 반이 모두 일곱 명인데 모두의 아버지, 어머니, 삼촌, 고모 들을 내가 가르쳤던 것이다.

그래도 나는 이 학교가 새로워서 서먹서먹하다. 아이들이 내게 잘 다가오지 않고 아이들과 내 눈이 잘 맞지 않는다. 나는 힘이 든다. 마암분교 아이들이 자꾸 생각난다. 마암분교는 섬진강 댐가에 있는 작은 분교였다. 운동장 끝에는 늘 파란 호수가 걸려 있었고, 학교 뒤에는 작은 솔밭이 있었다. 나는 그 솔밭을 아주 좋아했다. 여름철만 빼고 5년 동안 나는 이 솔숲을 날마다 산책을 했다. 나 혼자, 때로는 아이들과 함께.

내가 마암분교에 가서 제일 처음 시작한 것은 운동장에서 축구와 야구를 하는 것이었다. 전교생이 열여덟 명이어서 모두 나와야 무슨 게임이든지 할 수 있었다. 야구든 축구든 아이들은 몹시 서툴렀다. 우리는 시간만 나면 야구를 했다. 아이들은 운동이 금방 늘었다. 한 달도 가지 않아 1학년도, 2학년도 멀리 공을 치게 됐다. 공이 멀리 날아가면 아이들은 학교가 떠나가라 환호성을 질렀다. 야구를 하다 질리면 축구를 했다. 아이들은 금방금방 활달해지고 얼굴에는 생기가 돌았다. 아이들의 몸짓은 거침이 없었고, 생동감이 넘쳤으며, 목소리는 낭랑해졌다. 어머니와 아버지가 없는 은미는 늘 내게 와서 징징 울며 어머니가 보고 싶다고 훌쩍이던 버릇을 고쳤고, 빼고 삐치는 짓이 줄어들었다. 늘 한쪽 구석에 그늘처럼 가만히 웅크리고 있던 인수는 점점 햇살 속으로 들어왔고, 그림같이 조용하던 현자와 현정이 자매도 아이들과 어울리며 활달하게 웃기 시작했다. 아이들의 세계는 골라지고 다듬어지며 질서가 형성되어갔고, 위와 아래가 분명해졌다. 작고 어린 아이들이지만 나름의 공동체가 형성된 것이다.

아이들은 몸으로 배운다. 움직이고 부딪치고, 터지고, 넘어지고, 일어서며 몸이 세상을 향해 풀리고 세상과의 소통을 통해 세상에 적응해가며 자기의 세상을 넓히고 다듬어간다. 몸으로 겪은 경험과 체험은 인격이 되는 것이다. 몸의 체험은 정신의 체험으로 이어지며 교육이 된다. 끊임없이 움직이는 아이들의 몸짓은 그렇게 세상과의 소통을 통해 성장하고 성숙한다. 도시의 아이들은 시골길을 잘 걷지 못한다. 늘 돌에 걸려 넘어진다. 내가 어렸을 때 정신적 신체적 변화에 따라 어떻게 우리 동네 징검다리를 하나하나 디뎌 강 건너까지 갔는지를 떠올리면, 몸으로 하는 교육은 아름답고 성스럽기까지 하다. 생각을 아직 글이나 말로 표현하지 못하는 아이들의 유일한 표현 수단은 몸이다. 몸을 많이 움직여야 세상을 가는 길이 넓게 평탄하게 열리는 것이다. 놀이터가 왜 중요한가는 여기서 말할 필요가 없다. 몸이 세상으로 크게 열리고 세상으로 가는 몸짓의 폭이 커야 한다. 왜 어릴 적에 경험을 많이 쌓아야 한다고들 하겠는가. 왜 어른들이 젊어서는 고생도 사서 해야 한다고 하겠는가. 아무튼 아이들이 노는 몸짓이 커지고, 그 폭이 넓어지는 것을 바라보며 나는 행복했다.

나는 토요일 첫 시간이면 아이들을 우리 반 교실로 불렀다. 글쓰기 시간을 가진 것이다. 글자를 모르는 1학년 은미, 동수, 인수도 그냥 우리 교실에 와서 놀게 했다. 나는 아이들에게 글을 지어내는 기술을 가르치지 않았다. 나는 아이들에게 사물을 보는 법을 가르쳤다. 봄이 오면 아이들을 데리고 봄꽃들을 찾아 나섰다. 작고 눈이 부신 우리 산야의 풀꽃들을 찾아가 꽃 앞에 앉아 놀았다. 봄맞이꽃이며, 씀바귀꽃이며, 애기똥풀꽃이며, 민들레꽃이 아이들을 맞아들였고, 아이들은 찬바람 속에 피어 있는 작은 꽃다지꽃을 보며 신기해했다. 풀꽃을 바라보며 신기해하는 아이들의 눈망울은 늘 빛난다. 그 순간, 아이들은 허리를 굽혀 세상의 꽃들을, 세상을 다시 새롭게 본 것이다.

나무에 꽃이 피고, 꽃보다 어여쁜 잎새들이 피어나면 나는 아이들과 그 꽃나무 아래에서 꽃잎을 받으며 놀았고, 꽃에 나비가 날아들고, 비가 오고, 바람이 부는 것을 보여주었다. 해 뜨는 산과 아침 햇살에 반짝이는 강물을 보며 아이들은 계절을 몸과 마음에 익혔다. 산과 비와 하염없이 내리는 눈과 함께 아이들은 밤에 뜨는 별을 보고, 들판에 자라는 곡식들을 보고, 아버지와 어머니를 보았다. 그렇게 바라본 것들이 몸과 마음에 저절로 새겨져 글이 되었다.

현대를 사는 우리가 잃어버린 것 중 하나가 무엇을 바라보는 일이다. 내가 어렸을 때, 그러니까 내가 이 초등학교를 다닐 때 우리는 집에서 학교까지 40분을 걸어다녔다. 강길, 논길을 걸으며 우리는 농사짓는 사람들을 보았다. 그들의 그 느린 기다림을 보고 자란 것이다. 강물의 흐름과 산과 나무, 새와 꽃, 열매와 눈 오는 들을 우린 보며 길을 걸어다녔다. 우리가 본 것은 세상의 모든 것이었다. 세상에 자연만큼 위대한 교사는 없다. 보라! 글자 하나도 모르는 우리 어머니들의 저 유구한 아름다운 삶의 모습을. 우리 어머니는 지금도 내게 말씀하신다. "사람이 그러면 못쓴다." 어머니는 사람을 중요시하셨다. 인간 정신의 풍요로움을, 인간 정신의 소중함과 엄숙함을 내게 가르쳐주셨던 것이다. 그리고 말씀하신다. "남의 일이 아니다. 남의 일 같지 않다." 나는 아직 이토록 잘 다듬어진 사회과 학적인 문장을 그 어디에서도 발견하지 못했다. 이 모든 것들이 자연으로부터 배운 것이었다. 농부들은 자연이었으니까.

뭔가를 바라보아야 생각이 우러나온다. 나무를 보고, 꽃을 보고, 세상의 것들을 바라보아야 생각이 쌓이는 것이다. 생각이 쌓이고, 생각이 모여들고, 생각이 넓어지면서 사람들은 세계를 인식하고, 세계의 질서를 배운다. 나무와 물과 흙과 풀과 벌레와 곤충 같은 생명이 있는 것들과 몸을 섞으며 노는 아이들과, 컴퓨터와 TV와 책하고만 노는 아이들은 하늘과 땅만큼이나 차이가 난다.

생각이 쌓이고, 넓어지고, 모여들면 사람들은 그 생각을 풀어보려고 한다. 그때부터 생각을 조직하는 것이다. 그리고 생각을 조직해서 표현한다. 다 알다시피 우리가 사는 모든 세상의 물건들은 모두 보고, 생각하고, 생각을 표현한 것들이다. 그냥 잊고 스쳐지나가 버렸을 그 어떤 풍경이, 글로 쓰면 아이들의 머릿속에서 공책 위로 걸어 나오는 것이다.

여름

이제 눈이

창우가 2학년 때 쓴 글이다. 나는 이 글을 읽고 책상을 치며 박장대소했다. 아이들도 모두 책상을 치며 웃었다. 아이들은 이구동성으로 입을 모아 창우에게 야유를 퍼부었다.

"에라이 서창우 엄벙헌 놈아, 누가 그걸 몰라. 얀마, 여름에 어떻게 눈이 오것냐?"

그러나 우리는 이것이 웃을 일이 아니라는 것을 금방 알았다. 어쩌면 여름과 겨울을 이렇게 짧은 글로 간단명료하게 표현할 수 있단 말인가. 이와 같이 나는 글쓰는 것을 가르치지 않고 사물을 보는 것을 몇 년 동안 가르쳤다. 우리 아이들이 빼앗겨버린 보고, 생각하고, 표현하는 이 세 가지 능력으로 인간의 기본적인 교육이 질서를 찾아주어야 한다.

. . .

많은 어머니들이 내가 근무하는 마암분교에 관심을 가져주었다. 나는 내가 잘 아는 친구의 아들 둘을 내 학교에 교환학생으로 2주일을 데리고 다녔다. 한 명은 전주 아이여서 산에 들에 있는 나무들과 꽃들을 제법 알았지만, 서울에서 온 놈은 오동나무를 가르치느라 애를 먹었고, 까치라는 새를 가르치느라 애를 먹었다. 처음에는 시골의 풍경에 무관심하던 서울에서 온 산이라는 아이도 서서히 산과 들과 농부들과 세상의 풍경에 관심을 갖고 자연을 유심히 보기 시작했다. 아이는 나에게 온갖 것들을 물어왔다. 나무 이름, 산 이름, 풀 이름 등등. 나는 학교에 가고 오면서 산이의 질문에 대답하느라 정신이 없을 지경이었다.

이 두 아이의 이야기가 알려지자 각지에서 많은 아이들이 찾아왔다. 1년 동안 마암분교에서 지내는 아이들이 생겼다. 아이들은 그림처럼 산과 들을 뛰어다니며 놀았다. 처음에는 힘들어하던 아이들이 점점 시골의 자연에 맛을 들이면서 글을 쓰기 시작했다. 나와 1년을 같이 지낸 1학년 다솔이가 어느 날 글을 써왔다.

이슬방울

이슬방울이
풀잎에
맺혀 있다.
아름다운 이슬방울

개미들이

우르르

몰려드는 것 같다.

다솔이가 서울에서 처음 왔을 때 나는 그 아이를 데리고 뒷산에 갔었다. 다솔이는 많은 소나무들을 올려다보며, "선생님, 이 나무들이 무슨 나무들이에요?" 하고 물었다. 내가 "다 솔이다" 했더니 다솔이는 "으응, 다 나구나" 하는 것이었다. 처음 왔을 때 뽀얗던 다솔이는 하루가 멀다 하게 촌티가 나기 시작하더니, 운동장에서 흙과 물을 가지고 잘도 놀았다. 얼굴에 흙범벅이 되어 내 앞에 나타났을 때 나는 박장대소하곤 했다.

시골에 내려와서 1년을 지낸 아이들은 건강하고 씩씩해져서 서울로 갔다. 그 아이들에겐 1년 동안 지낸 시골이 고향이었다. 마음속에 고향을 하나씩 새로 갖고 돌아간 것이다. 학교가 조금씩 유명해지자 많은 어머니들이 나에게 찾아오고 전화를 해서 자녀의 여러 가지 문제를 상담해왔다. 어머니들은 한결같이 우리 아이가 문제가 많다고 했다. 그런 전화를 받을 때마다 나는 혹 어머니에게 문제가 없는지 다시 한번 생각해보라고 했다.

훌륭한 사람들 뒤에는 그보다 더 훌륭한 어머니가 있다는 것을 우린 잊어버렸다. 인류를 위해 빛을 남긴 사람들의 어머니들이 공부 열심히 해서 출세하라고 가르쳤겠는가? 우리 어머니들은 우리 아들딸들에게 지금 무슨 생각으로, 무슨 말로 닦달하는가 한 번쯤 생각해보자. 아이들에게 문제가 없으면 그것은 정말이지 더 큰 문제가 아닌가. 생각해보라. 이 땅의 어른들은 그 얼마나 문제투성이인가. 나는 종종 정말 흙탕물 속에서 사는 느낌이 들 때가 있다. 우리의 이 삶이, 우리의 이 현실이, 우리의 이 생각이 넌더리가 날 때가 있는 것이다. 그런데 어른들은 아이들에게 문제가 있다고 한다. 어른들이 진짜 문제인데도 말이다.

나는 현수라는 아이를 잊을 수 없다. 현수는 지금 마암분교 2학년이다. 현수가 처음 학교에 왔을 때 나는 그 아이가 정상적으로 살아온 아이가 아니라는 것을 직감적으로 알았다. 현수는 글도 읽을 줄 몰랐고, 옷이나 신발이나, 몸상태나 모두 말이 아니었다. 그것보다 더 큰 문제는 현수의 웅크린 마음과 굳게 닫힌 마음의 문이었다. 현수는 말을 못 했다. 아니, 안 했다. 굳게 닫힌 입, 단단하게 굳어버린 몸, 어딘가를 무섭게 응시하는 두 눈. 현수는 아이들과 어울리지 못하고 운동장가에 가만히 서서 아이들이 노는 것을 바라보고만 있었다. 내 반이 된 현수를 바라보는 나는 겁이 났다. 저 아이와 내가 인간적인 소통을 할 수 있을까? 다행히도 나와 1년을 지낸 현수는 완전히 다른 아이가 되었다. 동네 사람들이 그러더란다. "참, 그 선생 이상하다. 현수가 저렇게 1년 만에 사람이 되다니." 그렇다. 현

수는 1년 만에 활달하고 씩씩하
게 공 잘 차고, 야구 잘하는 학생
이 되었다. 글자 한 자 쓰지도 읽
지도 못하던 현수는 글씨도 제일
잘 쓰고 글도 잘 쓰는 아이가 된
것이다. 현수는 비가 온 이튿날
나에게 이런 글을 써왔다.

비

비가 가만가만 온다.
나는 오늘 빗소리를 들었다.

아, 현수의 마음에 내리는 비와 그 소리를 생각하면 나는 눈시울
이 뜨거워진다. 나에게는 인간을 다루는 기술이 없다. 나는 한 번도
인간을 계산하며 상대하지 않았다. 나는 그럴 줄을 모른다. 나는 사
는 일이 서툴러 사람을 대하는 의도와 계획이 없다. 우리 어머니는
늘 이렇게 말씀하시곤 했다. "우리 집 개도 우리가 예뻐해야 남들도
예뻐하는 법이다." 나는 현수에게 그렇게 했을 뿐이다. 나는 현수를
늘 귀하게 대했다. 아이들이 있는 곳에서나 어디서나 현수는 귀한

내 사람이었다. 현수가 처음 학교에 들어왔을 때 아이들은 아무도 현수와 함께 놀지 않으려 했다. 나는 현수의 친구가 되어주었다. 선생인 내가 현수를 귀하게 대하니까 아무도 현수를 함부로 하지 못했다. 현수가 마암분교의 귀한 사람이 되는 데는 그리 오랜 시간이 걸리지 않았다. 단단하고 딱딱하게 굳은 얼굴과 몸으로 호주머니에 손을 찌르고 어딘가에 눈을 고정시킨 채 나무토막처럼 서 있던 현수가 어느 날부터 공이 자기에게로 가면 "앗싸!" 하며 크게 몸을 날려 공을 힘껏 차고 거침없이 달렸다. 현수, 그 현수가 보고 싶다.

우리는 아이들에게 지금 진정으로 무엇을 가르치고 있는가. 아이들에게 자라서 어떻게 살아가라고 가르치고 있는가. 무엇이 되라고 우리는 날마다 아이들을 학교로 학원으로 몰아대는가. 우리가 언제 한 번이라도 아이들이 살아갈 세상을 진정으로 걱정하고, 세상으로 가는 길을 함께 고민하며 인도해준 적이 있었던가. 늘 일등 하라고 몰아붙이고, 닦달하고, 새파란 아이들의 생각을 눌러 죽이는 짓만 되풀이해오지 않았던가. 지금 우리의 교육은 사람이 되라는 교육이 아니다. 이대로 아이들에게 획일적으로 일등만 강요하는 교육은 나라를 망치는 일을 서두는 일이다. 아무런 감성도, 감정도 없는 기계 같은 아이들을 누가 원하겠는가. 삶의 기쁨과 행복을 가르치지 않고, 사는 일이 지겹다는 것을 가르치는 이게 교육인가. 왜 공부하는가. 이게 진정한 공부라고 생각하는가. 아이들을 공부의 지옥에 몰아넣는 이런 인간성 말살 교육을 언제까지 계속할 것인가. 이제라도 우리가 아이들에게 진짜로 가르쳐야 할 것이 무엇인지 따져봐야 하지 않겠는가.

나는 지금 또 새로운 얼굴의 아이들 앞에 섰다. 자꾸 힘이 든다. 아이들은 내게 잘 다가오질 않는다. 공부는 잘하는데, 어쩐지 썰렁하다. 그러나 나는 또 호영이, 산영이, 경수, 은철이, 충용이, 주인이, 채현이와 함께 1년을 살아야 한다. 아침이면 이 아이들과 운동장을 뛰는 데 익숙해져간다. 나는 이 아이들에게 또 꽃과 나무와 풀과 강과 산과 사람을 가르치고 함께 공부할 것이다. 난 나와 함께 지낸 아이들이 진정으로 자연을 이해하고 사람과 자연을 귀하게 여길 줄 아는 사람이 되기를 원한다. 진정으로 세상을 걱정하는 큰 산 같은 사람, 진심으로 사람을 대하는 사람, 마음이 풍요로운 좋은 사람이 되었으면 좋겠다.

운동장에는 하얗게 꽃잎들이 날아다니고 있다. 또르르 굴러가는 하얀 꽃잎들을 아이들이 쫓아다닌다. 꽃, 꽃이나 아이들이나 같다.

2003년 여름 섬진강 작은 학교 아이들 곁에서

김용택

김용택 선생님께

안녕하세요.

선생님 지난번에 제가

선생님네서 한 밤 잤지요.

선생님이 창우랑 나랑 밭을

시켜주셨잔아요.

선생님 참 좋은 분이세요.

선생님 안녕히 게세요.

11월 2일 화요일

1학년 김다희 올림

제1부

학교야, 지금 뭐 하니?

솔숲

오늘 아침도 출근하자마자 뒷산 솔숲에 간다. 숲으로 난 작은 오솔길에 떨어져 촉촉하게 젖은 솔 이파리들을 밟는다. 솔잎은, 그 이파리에 슨 흰 서리가 녹을 때, 서리 녹은 물기에 젖이 있을 때 더욱 곱고 눈부시게 드러나며 아름답다. 이 솔숲의 좁고 폭신한 흙길을 걸을 때면 그 어떤 것도 내 몸 안으로 전해지는 이 땅의 보드라운 촉감을 방해하지 않는다. 저 아득한 땅끝까지 내 마음이 가닿는 것 같다. 걷다가 가만히 작은 나무들을 바라본다. 며칠 사이에 싹눈이 툭 불거졌다. 땅 위엔 벌써 온갖 싹들이 아우성으로 솟아나고 있다. 잎과 새싹 들의 아우성 소리가 어지럽고 발밑이 온몸이 간지럽다.

이 솔숲에 들어 숲의 세상을 보면 나는 아무것도 바랄 것이 없어진다. 꾸며지고 가꾸어진 세상의 그 어떤 것들도 여기에 오면 초라해진다. 새소리, 솔잎에 봄바람 소리 아련하고, 청설모와 다람쥐 들이 내 앞을 질러간다. 욕심 없는 것들만이 펄펄 살아나며 세상을 풍요롭고 자유롭고 평화롭게 만든다. 작은 나뭇가지를 오래 바라보고 있으면 나는 행복하다. 살아 있음이, 내가 숨을 쉬고 있음이 놀랍고, 가장 작은 것들, 가장 사소한 것들에 나는 환호하고 기뻐하고 행복해한다. 시는 거기에서 태어난다. 그래서 사람들은 시 앞에서 욕심을 버린다. 한 편의 시를 읽으며 울고 웃고 외로움을 벗으며 행복해한다. 돈이 되지도 않는 것을 보고 감동하고 행복해하는 것이야말로 흔들림 없는 진정한 행복이다. 작은 풀잎 하나도 모두 눈에 들어오는 날이 있다. 내 마음에 평화와 자유가 찾아들 때다.

솔숲에서 나와 학교와 가까운 길가에 선다. 아이들 소리가 들린다. 풀잎들이 파랗게 돋아나고 있다. 마른 풀잎 사이로 돋아난 쑥잎이 다희 손같이 오종종 뽀얗다. 언덕이 제법 파랗고, 비를 맞은 운동장가에 미루나무 가지가 뽀얗다. 까치가 집을 다 지었다. 까치집은 나뭇가지로만 짓는다. 그것도 죽은 나뭇가지로. 새들에게는 죽은 잔가지도 살 집이 된다.

이렇게 아름답게 오는 봄 앞에서 나는 지금 무엇 때문에 괴로워하고 외로워하며 고통스러워하는가. 내가 사는 집은, 내 이웃들은 어떠한지, 어머니가 사시는 고향 마을 앞 느티나무 잎은 잘 피어나고, 텃밭 마늘은 파랗게 잘 자라는지, 고향 앞 시냇가에 물소리는 지금 어떤 소리를 내는지, 우리 모든 삶의 근심과 괴로움을 벗고 봄 물소리처럼 가난하게 서보자. 가장 가난할 때 생각은 맑고 밝다. 우리도 저 피어나는 꽃들처럼 환하게 마음을 다 열어보자. 가슴속에 아무런 사심이 없을 때, 이 봄 당신도 꽃이다.

다희와 창우가 손잡고 비에 젖은 운동장을 천천히 걸어간다. 그 둘 앞에 커다란 봄산이 펼쳐진다. 창우와 다희에게 저 산이 다 꽃이 되리라. 저 아이들이 내 가슴에 담겨지면 나도 꽃이 되리.

학교야, 지금 뭐 하니?

뒷산에서 울어대던 뻐꾹새는 지금도 울면서 날고 있을까. 운동장까지 내려오던 청설모와 다람쥐 들은 잘 있을까. 운동장가에는 오렌지색 천인국꽃이 지금도 샛노랗게 피어 있을까. 여섯 마리쯤 되는 새끼까치들은 나는 연습들을 다 했을까. 우리가 비를 맞으며 심었던 해바라기는 꽃을 피웠을까. 방학이 끝나고 나면 운동장가에 구절초꽃이랑 함께 파란 하늘 아래 피어 있을 거야, 아마. 아, 운동장은 정말 잘 있을까. 우리가 없어도 운동장은 심심하지 않을까. 우리가 학교만 가면 차고 놀던 축구공과 야구공은 지금 무슨 생각을 하며 동그랗게 쉬고 있을까. 우리의 교실은 잘 있으며 책상과 의자는 잘 쉬고 있을까. 철봉이랑 늑목은 지금 되게 심심하겠다.

아, 우리 동무들은 지금 무얼 하고 지낼까. 이름을 다 불러보고 싶다. 선옥아, 두나야, 동수야, 인수야, 은미야, 현자야, 진철아, 현정아, 빛나야, 진욱아, 세희야, 초이야, 소희야, 귀봉아, 창희야, 진하야, 백두산도 한라산도 아닌 진산아, 그리고 가짜 학생인 다희야, 창우야. 지금 어디에서 무엇들을 하니? 그리고 학교 앞산아, 그 산을 날아가며 우는 꾀꼴새야, 지금도 그 푸른 산을 날며 너는 우니? 눈을 감으면 훤하게 하나둘, 한 가지, 두 가지 일들이 다 떠오르는 학교야. 학교야, 너는 지금 뭐 하니?

새해가 되었다. 출근하면 늘 오르는 학교 뒤꼍 조그마한 동산 솔숲에 오늘은 나 혼자 오른다. 아침햇살은 솔숲에 떨어져 빛나고, 솔숲 아래 작은 나무들도 숲 사이로 새어든 햇살을 받아 그 작은 몸들이 또렷하게 빛난다. 솔숲에 떨어진 솔잎들은 떨어진 그대로 가지런히 누워 반짝인다. 산토끼와 청설모와 다람쥐와 내가 다니는 작은 솔숲의 깨끗한 오솔길에도 새 아침이 찾아왔다. 작은 숲길을 걸어 언제나 이만큼 돌아 나오면 푸른 호수 위에 작은 운동장이 보이고 아이들의 해맑은 모습과 싱그러운 목소리가 들리는데, 방학이어서 아이들 소리는 들리지 않고 맑은 햇살이 운동장 가득 퍼져 까맣게 탄 아이들과 함께 뒹굴며 놀던 작은 돌멩이들만 반짝반짝 빛난다.

아이들이 열여섯 명뿐인 이 작은 분교에도 지난해 많은 일들이 있었다. 새 학기가 시작되자마자 서울에서 두 가족이 이사를 왔다. 직장을 잃은 두 가족이 귀향을 한 것이다. 아버지가 트럭 운전사로 있다가 내려온 빛나, 두나네 식구와 아버지가 포클레인 기사를 했다는 세희, 다희네 가족. 이 두 가족의 귀향으로 학생 수는 갑자기 세 명이 불어났다. 우리 학교 학생 수는 언니 오빠를 그냥 따라다니던 '가짜' 학생 다희와 창우까지 더해 열아홉 명이었는데, 6학년 진산이가 전학을 와서 이제 학생 수는 스무 명이 되었다. 운동을 잘하는 진산이의 갑작스러운 전학으로 야구나 축구를 할 때 팀 구성에 애를 먹기도 했다. 아무리 뒤바꿔 팀을 짜봐도 한쪽으로 기울곤 해서 아이들은 진산이가 자기편이 되기를 원했다.

2학기가 조금 지날 무렵 인수네 할머니가 돌아가셨다. 그때 우리 반에는 전주와 서울에서 교환학생으로 산이와 민석이기 와 있있는데, 어느 날 인수의 일기가 너무 슬퍼서 아이들에게 읽어주었더니 인수가 엉엉 울고 산이와 민석이도 인수를 따라 입을 씰룩거리며 우는 바람에 우리 모두 숙연해지기도 했다. 인수는 그후로도 슬프고 애달픈 할머니 이야기를 일기장에 꼬박꼬박 썼다. 살아 계셨을 때, 그리고 편찮으실 때 잘해드리지 못한 자기를 탓하는 일기를 볼 때마다 나도 몰래 목이 메었다.

어느 가을날 아침, 감 홍시를 따다 나에게 살짝 주던 두나와 창우, 김장김치를 가져왔던 귀봉이와 빛나, 할아버지 생신이었다고 사과 한 개와 귤 한 개를 내 책상 위에 올려놓던 은미, 학교 급식시간에 만둣국을 먹다가 할아버지 생각이 난다며 만둣국을 얻어 가던 세희, 급식하고 남은 찌꺼기를 가져다가 돼지를 키우는 창희와 소희네 가난한 지붕 위에도 새로운 해가 떠오르고, 꽃피는 봄날 내내 집을 짓고 많은 새끼를 기르던 운동장가 미루나무의 텅 빈 까치집에도 햇살이 반짝인다.

작은 우리 분교 아이들의 슬픔과 기쁨이 곧 나라의 기쁨과 슬픔임을 나는 안다. 인수와 동수의 꿈이 곧 우리의 꿈과 희망임을 나는 안다. 가난하기만 한 분교 아이들 모두와 교환학생으로 온 산이와 민석이의 첫날 일기는 모두 한결같았다. "우리 모두, 우리도 모르게 서로 친해졌다"고 그들은 썼던 것이다. '우리도 모르게' 친해진 이 아이들이 이 땅의 희망이다.

날마다 만나도 반갑고, 생각만 해도 정다운 내 아이들아, 모두 뭐 하니? 동수는 귀봉이 형과 잘 놀고, 은미와 인수는 지금도 이따금 할머니 묘에 가서 할머니를 그리워하고, 창희와 소희는 토끼, 소, 강아지 밥 잘 주고, 다희는 동생 잘 돌보고 있니? 정다운 자매 현정아, 현자야. 방학이 끝나면 내 앞에 훌쩍 큰 몸과 마음으로 나타나 환하게 웃을 내 아이들아. 새해에는 예쁜 다희와 개구쟁이 창우가 '진짜' 학생이 되어 날마다 보게 될 테니, 나는 지금부터 맘이 설렌단다. 그리운 아이들아, 정다운 학교야, 솔숲의 새들아, 출렁이며 흐르는 푸른 섬진강아, 새해 새날이 왔단다. 몸과 마음을 활짝 펴고 힘차게 땅을 딛고 서자꾸나.

봄바람을 타고 올
내 아이들아

벌써 교실보다 밖이 훈훈하다. 교실에 있다가 밖에 나가면 훈훈한 강바람이 얼굴을 스친다. 그 오래된 느낌의 바람이 내 뺨을 스치면 곧 봄이다. 하얗게 쌓인 눈 속에서 찬바람을 차며 놀던 아이들이 싱싱한 얼굴로 착 가라앉은 땅을 밟고 차며 거침없이 뛰논다. 아이들이 떠드는 소리가 낭랑하게 내 귓가를 맴돈다. 운동장가에 까치들의 울음소리가 바빠지고, 어디에서 살다가 돌아왔는지 딱새 소리도 들리고, 다람쥐들이 부산을 떨며 운동장을 질러간다. 아이들이 뛰노는 운동장을 돌아다니다가 쭈그려 앉아 땅을 내려다보면 땅바닥에 납작하게 엎드려 추운 겨울을 지낸 나물들이 파란색을 얻어간다. 햇볕이 따뜻한 곳에서 광대살이 나물이나 냉이는 벌써 잎이 확실하게 쑥 자랐다. 봄이다. 섬진강가의 작은 분교에도 어김없이 봄이 찾아왔다.

어느 날이었다. 난롯가에 앉아 놀던 아이들이 너무 조용했다. 나는 이상하여 아이들을 쳐다보았다. 아이들이 모두 시무룩했다. 더 이상한 것은 2학년인 은미, 동수, 인수, 그리고 5학년인 초이가 울고 있는 것이었다. 인수는 얼굴이 눈물범벅이 되어 어깨를 들먹이며 우는 것이 아닌가. 나는 놀라서 왜 우느냐고 물어보았다. 초이가 고개를 숙인 채 어깨를 들썩이며 6학년 여선생님이 학교를 그만둔다고 말했다. 아하, 그렇구나. 그래서 그랬구나. 내 말에 아이들은 더 크게 울었다. 인수와 은미는 엉엉 울었다. 나도 밖을 보며 그 여선생님을 생각했다. 그분은 우리 학교 학생 열여섯 명과 다섯 직원의 어머니였다. 급식시간이면 아이들의 식사를 어머니보다 더 자상하게 돌봐주고 식사시간을 즐겁고 활기차게 해주었으며, 야구를 하거나 축구를 할 때면 훌륭한 구경꾼이 되어주었다. 선생님이 우리학교 어딘가에 그냥 서 있기만 해도 아이들은 어머니 품에서 노는 것처럼 아무 탈이 없을 것 같았다. 그분이 학교를 그만둔다는 것이다. 아이들에겐 슬픈 이별이다. 아이들은 그 선생님을 위해서 작고 조촐한 과자 파티를 해드렸다. 선생님도 아이들도 모두 울었다.

엎친 데 덮친 격이라고 두 명의 6학년 형들이 졸업을 하게 되었다. 이제 야구 투수는 누가 하고, 축구 공격은 누가 할 것인가. 전교 어린이회의는 누가 어떻게 진행하며 식사시간에 밥과 반찬은 누가 고루 잘 나누어주며, 무거운 밥통은 누가 급식실로 옮길 것인가. 걱정과 슬픔이 겹쳤다. 선생님 한 분과 형 두 명이 떠난 학교는 그 얼마나 우리를 쓸쓸하고 허전하게 할 것인가. 그러나 우리에게는 봄바람과 함께 찾아올 기쁜 선물이 있다. 산에, 언덕에, 강에 봄빛이 무르익으면 그 봄햇살을 타고 우리 학교에 어여쁜 두 명의 아이들이 찾아올 것이다.

학교 뒷동산에 진달래가 피고 운동장가에 까치집이 완성되면 작년부터 형과 언니를 따라다니며 우리의 귀여움을 독차지했던 창우와 다희가 새로 '정식' 학생이 되어 입학을 하게 된다. 언니와 형을 따라와 운동장에서 이마를 마주 대고 흙장난을 하던 창우와 다희가 우리 반이 되어 우리 학교로, 내 교실로 봄바람을 타고 꽃잎같이 날아오는 것이다.

나는 생각만 해도 기쁘다. 그 아이들이 맑은 눈을 반짝이며 내 앞에 앉아 내 이야기를 듣고 있을 생각을 하면 나는 저절로 입이 벌어지고 행복해진다. 나는 이 아이들을 데리고 봄이 오는 강가에 가서 강물에 돌 던지기를 할 것이다. 이 아이들과 함께 바람과 하늘, 강과 구름이 하는 일을 배우고, 꽃과 새의 이름을 알아가며 우리가 사는 세상을 함께 열어갈 것이다. 벚꽃이 피어 교실이 봄빛으로 환해지면 운동장에 나가 꽃잎을 따라 공을 차고, 학교 뒷산 솔숲에 진달래꽃이 피면 우리는 노래를 부르며 숲을 뛰어다닐 것이다.

봄, 봄이 오면, 아, 이 나라 산에, 언덕에, 강에 봄이 오면, 봄바람을 따라 꽃잎처럼 우리 학교의 교실로 날아들어와 내 앞에 환하게 앉을 다희야, 창우야. 겨울을 이기고 저 땅 위에 새로 돋아나는 새 풀잎 같은 이 땅의 내 아이들아.

꽃이 피고 새가 울면

일요일 일직을 하러 학교에 나왔다.

꽁꽁 얼었던 운동장의 흙이 어느새 다 녹았다. 언 채로 응어리진 흙은 발길이 닿으면 힘없이 부스러진다. 모든 것들이 봄이 되면 몸을 풀고 세상을 받아들인다. 나무들은 지금 한창 물이 오르리라. 뿌리들은 어둡고 깊은 흙 속에서 부지런히 봄을 준비하리라. 발바닥에 닿는 포슬포슬한 흙의 감촉이 온몸으로 전해진다. 하늘은 맑고 바람은 포근하고 보드랍게 뺨을 스친다. 호수의 물은 잔잔하고 내 마음은 봄 생각으로 충만해진다. 힘이 불끈 솟는다. 운동장을 가만가만 걸어도 보고, 내달려도 보고, 훌훌 뛰어도 본다. 숨이 차게 몇 바퀴 돌고 늘 가는 학교 뒷산 솔숲에도 가보았다.

어제 내린 비로 땅에 떨어진 솔잎들이 촉촉하게 젖어 이 세상 다 잊고 편안하게 누워 있다. 소나무들을 올려다본다. 솔잎들은 더욱 싱싱하게 푸르름을 피워올린다. 산천을 둘러본다. 봄이 완연하다. 곧 나이 든 농부들이 소를 이끌고 저 밭에 들 것이다. 쟁기로 흙을 파고 뒤집어 봄빛과 봄바람을 줄 것이다. 비를 맞은 작년 풀잎들이 하얗게 누워 있다. 다시는 일어설 힘이 없으리라. 다시는 일어서지 말아라. 죽은 풀잎들아. 누운 풀잎들 속에서 새 풀잎들이 돋아난다. 추운 겨울 너희들은 어디에서 그 추위를 다 견디어 이기고 이렇게 산과 들에 아득한 봄빛으로 오느냐. 참으로 세상은 신비하고 자연은 위대하다. 나뭇가지 끝이 벌써 두툼해져 있고, 진달래는 제법 꽃망울이 붉거져 곧 터질 것만 같다. 도토리나무와 오리나무의 가지 끝은 막 터지려 하고 있고, 소나무의 몸뚱어리는 씩씩하고 당당하다. 소나무를 발로 차본다. 솔잎이 떨어진다. 뛰어도 보고 앉아도 본다. 먼 마을도 바라보고 소나무도 자꾸 올려다본다. 푸른 솔잎에 눈이 부시다.

산에 갔다 오니 세희네 동네 아이들이 서너 명 놀러 왔다. 아이들과 포슬포슬한 땅 위에서 공을 찬다. 인수, 다희, 은미에게 나는 차례차례 공을 배급한다. 공이 단단해서 공을 차는 발등이 제법 아프다. 세희는 공을 차놓고는 발등이 얼얼한지 한참을 앉아 발등을 만지고 나서 또 공을 찬다. 운동장 위로 새가 날아가며 울자, 은미가

고개를 젖히고 날아가는 새를 바라보다 공을 놓친다. 운동장 가득 아이들의 발자국이 찍히고 흙 위에 공이 굴러가는 자리가 환하다. 운동장가에 있는 까치는 바쁘다. 집을 짓기 시작한 지 얼마 되지 않은 것 같은데 벌써 집이 다 되어간다. 늘 남이 하는 일은 빠른 것 같은 게 세상일인가보다. 은미가 찬 공이 굴러간다. 공을 차던 인수가 운동장가에 있는 벚나무를 보며, "봄이 다가오고 있다"고 말한다. 공을 차며 아이들이 고함지르는 소리가 새소리만큼이나 깨끗하게 울린다. 욕심이 없는 것들의 소리는 모두 저렇듯 겁 없고 힘차고 당당하다. 내가 높이 찬 공을 겁도 없이 머리로 받은 인수가 운동장가의 풀밭에 앉아 아픔을 참는다. 이놈, 눈물이 쏙 빠질 것이다.

나는 숙직실 마루에 앉아 밥을 먹는다. 인수, 은미, 세희가 내 도시락 옆으로 다가와 반찬통 여는 것을 본다. 나는 "이건 밥이다, 짠" 하며 밥통을 열고 "이건 반찬이다, 짠" 하며 반찬통을 연다. 아이들은 반찬통을 열 때마다 눈빛이 반짝인다. 다른 반찬통을 여니 계란을 말아 만든 반찬이 나온다. 나는 "오, 예!" 하며 아이들에게 계란말이를 떼어 입에 넣어준다. 새처럼 날름 받아 오물거리며 은미가 "이건 누가 만들어주었어요?" 한다. "우리 각시가" 그랬더니 "우리 각시?" 하며 맛있다고 한다. 아이들은 금방 내 도시락에서 멀어지더니 자기들끼리 공을 찬다. 밥을 다 먹고 나니 어느덧 아이들이 더 불어났다. 인수 동생 학수도 오고, 선옥이도 오고, 창희 소희 남매도 왔다. 학교 뒷마을 아이들은 다 온 셈이다.

다희, 선옥이, 학수 셋은 머리를 맞대고 운동장의 흙을 파서 두꺼비집을 짓는다. 손톱으로 흙을 긁어 파 모은다. 흙이 잘 파진다. 흙을 쌓아 두꺼비집을 만들며 아이들이 노래를 부른다. "두껍아, 두껍아, 새집 줄게 헌 집 다오. 두껍아, 두껍아, 헌 집 줄게 새집 다오." "학수야, 콧물 떨어진다" 그러면 학수는 얼른 코를 훌쩍이며 집을 만들고 부수고 또 만들어 부순다. 공을 차던 아이들도 이제 모두 흙으로 달려들어 흙을 판다.

흙 파기를 그만둔 아이들은 운동장에 온갖 그림들을 그린다. 넓은 땅에 맘껏 그린다. 커다랗게 자기 얼굴도 그리고, 새도 그리고, 꽃도 그리고, 집도 그리고, 차도 그리고, 나무도 크게 그린다. 넓은 땅에 그림을 맘껏, 힘껏 그려놓고, 큰 아이들은 편을 갈라 땅따먹기를 한다. 요 녀석들, 집에 가서 밥 먹으라고 소리쳐도 소용이 없다. 나도 괜히 운동장을 돌아다니다 아이들 곁에 서서 아이들이 하는 짓을 보기도 하고, 까치집을 올려다보고, 꽃과 잎이 필 나무들도 바라본다. 다희, 선옥이, 학수는 흙을 많이 파서 높이 쌓기를 하더니 이제 고함을 지르며 흙을 하늘 높이 흩뿌린다.

아이들은 금방 놀이를 바꾼다. 언제 보면 철봉에 매달려 있고, 언제 보면 늑목을 오르고, 언제 보면 널뛰기를 하고, 또 언제 보면 쫓고 쫓기는 놀이를 한다. 한순간도 그냥 멍하게 앉아 있질 않고 늘 무엇인가에 열중한다. 아이들은 심심할 때가 없는 모양이다. 늘 깔깔거리며 웃거나 싸우며 울다가는 금방 또 같이 논다. 아이들에겐 무엇이든지 다 장난감이 되고 쓸모가 있다. 그러고는 금세 버려진다. 아이들의 세상은 들여다볼수록 무궁무진하며 신비롭다.

오늘은 하루 종일 바람도 없이 호수도 잔잔하다. 나는 호숫가에 서서 물을 바라보며 온몸으로 봄을 맞아들인다. 나도 저 흙처럼 허물어지고 저 물처럼 맺힌 데 없이 흐르며, 온몸을 저 아이들처럼 세상에 거침없이 풀어버리리라. 그리하여 나도 저들처럼 세상에 거침없으리라. 산같이, 하늘같이, 바람같이, 저렇게 누워버린 묵은 풀잎들같이 온몸을 저렇게 땅에 맡기면, 그러면 내 몸과 맘에도 봄이 오리라. 어느새 아이들이 다 돌아가고 해가 저문다. 내일 아이들이 또 오리라.

아이들이 씩씩하게 두 발로 땅을 울리며 운동장을 돌아다니면, 초이, 진철이, 진욱이, 동수, 귀봉이, 창우가 운동장을 거침없이 뛰고 세상을 돌아다니면, 그 땅울림으로 꽃이 피고 새가 우는 봄이 이 땅에 가득 퍼지리라.

봄과 함께 온 것들

조그마한 우리 학교에도 봄이 왔다. 땅에는 온갖 풀들이 돋아나고 학교 뒷산에는 솔잎이 싱싱하다. 그 솔숲 아래 진달래도 피어나고 도토리나무 잎들도 돋아난다. 우리 학교에 오는 봄을 따라 처음 나타난 것은 뜻밖에도 네 명의 복슬강아지 같은 아이들이다. 아, 아이들이 전학을 왔다. 반갑기 그지없는 그 아이들까지 우리 아이들은 모두 스무 명이 되었다.

그다음 반가운 것은 까치가 운동장가의 미루나무 꼭대기에 새집을 짓고 이사를 든 일이다. 집을 다 짓고 부부가 다정하게 사는 것을 보면 하느님이 보시기에도 정말로 좋을 것이다. 아주 높은 곳에 집을 지었으므로 올해는 비가 많이 올랑가 모르겠다. 그다음으로 나타난 것은 딱새다. 딱새는 작년에도 새끼를 길러 가더니 올해에도 왔다. 딱새 울음소리는 암수가 다른데, 몸가짐이 어찌나 조신한지 잘 보이지 않고 울음소리만 들릴 때가 많다.

오늘 아침 일찍 출근해보니 딱새 말고 아주 작은, 그래서 자세히 보아야 보이는 박새가 새털을 물고 가다가 떨어뜨리고는 나뭇가지에 앉아 오래오래 울고 있다. 아마 내 눈치를 보았을 것이다. 참새도 한 쌍이 와서 무척 반가웠는데, 며칠간 지저귀다가 어디로 갔는지 보이지 않는다. 참새야, 섭섭하다. 조금 있으면 또 꾀꼴새도 올 것이다. 참새도 도로 왔으면 좋겠다. 지금 창밖엔 새로 온 아이들이 뛰어놀고, 까치가 하느님이 보시기에도 좋게 나란히 앉아 울고, 어디선가 딱새 울음소리도 들린다. 박새는 그 새털을 물어갔겠지.

꽃, 꽃, 꽃

운동장에 막 들어서니 3학년으로 올라간 인수, 은미가 내 앞으로 쪼르르 달려온다. 은미가 내 얼굴 앞으로 주먹을 내밀며 "이 손 안에 무엇이 있을까요, 없을까요?" 하며 맞히면 주먹 안의 것을 주겠단다. 내가 주먹을 툭 건드리며, "있다" 그랬더니 손바닥을 쫙 편다. 거기 사탕이 두 개 나란히 있었다. 나는 얼른 사탕 한 알을 까서 입에 넣고 교실로 들어갔다.

오늘은 은미, 인수, 현정이가 뒷산으로 운동을 가잔다. 교실에는 아이들이 비를 들고 청소를 하고 있다. 다희, 창우도 교실을 쓴다고 쓸고 있지만, 언니들에게 지천만 듣는다. 내가 창우더러, "창우야, 운동 가자"고 하니 다희는 오늘 청소를 해야 한다며 쳐다보지도 않고 교실 바닥을 쓸고 있다.

3학년 인수와 은미하고 뒷동산을 오른다. 어제와 다르게 나뭇잎들이 피어났다. 오솔길을 걷다가 은미가, "어, 고사리 봐라" 하며 고사리를 꺾어 손에 든다. 앞서 가던 인수가 어딘가를 향해 "안녕하세요" 하며 꾸벅 절을 하기에 "누구냐" 했더니 "할머니요" 하면서 무덤을 가리킨다. 작년에 돌아가신 할머니 무덤을 향해 인사를 한 것이다. "할머니가 뭐라시든" 하니까 "아무 말도 안 해요" 한다. 한참을 가던 은미가 또 고사리를 꺾는다. 인수가 보라색 제비꽃 앞에 앉는다. 작년에 그렇게 많이도 피었던 곳에 올해는 제비꽃이 한 포기도 피지 않았다. 다른 곳의 제비꽃들도 작년보다 작다. 맨손체조를 하다가 은미가 쪼르르 달려가더니 할미꽃이 있다며 꽃 앞에 앉는다. 작년엔 이 부근에서 할미꽃을 보지 못했는데 할미꽃이 예쁘게도 피어 있다. 은미가 할미꽃은 있는데 왜 '할비꽃'은 없냐고 해서 우리는 웃었다. 솜다리꽃도 피어 있다. 먼 마을에 살구꽃도 피어 있다. 산 깊은 곳에 분홍색 산복숭아꽃도 붉고, 어, 진달래는 벌써 진다.

땅을 보면 둥굴레도 돋아나고, 원추리도 돋아나고, 청설모가 먹고 싼 똥에서 수십 개의 단풍나무 새싹이 오복하게 돋아난다. 참 신기하다. 씨가 소화되지 않은 모양이다. 작년에도 청설모 똥에서 난 단풍나무를 뽑아다가 화분에 심었는데, 올해도 또 여기저기 청설모 똥 모양대로 단풍나무 새싹이 돋아나서 내 눈길을 잡는다. 도토

리나무 새잎이 돋는다. 때죽나무 새순이 돋아나고, 오리나무, 참나
무, 찔레나무, 명감나무, 단풍나무에 잎이 돋아나며 아침햇살을 받
는다. 눈이 부시다. 어쩔 줄 모르겠다. 저 새로 피는 잎새들을 본다.
밭두렁에는 또 얼마나 많은 꽃들이 피어나는가. 광대살이, 봄맞이,
민들레, 냉이, 지칭개, 보라색 현호색꽃이 어우러져 피어 있다. 이
쁘고 곱다. 연초록 미루나무 잎이 피어난다. 호수에 아침햇살이 반
짝인다. 아이들의 해맑은 목소리가 운동장에서 꽃처럼 피어 산으로
올라온다.

봄, 이 땅의 봄은 참으로 화려하고 눈부시다. 산에, 언덕에 새들
은 부지런히 날며 지저귀고, 꽃은 피어난다. 잎은 돋아나고, 바람은
부드럽게 불고, 아이들은 운동장에서 거침없이 뛰논다.

풀꽃

작은 우리 학교 운동장가에는 작은 언덕이 있다. 그 언덕에 해사한 개망초꽃이 피어 바람이 불면 바람결 따라 한없이 부드럽게 흔들린다. 개망초꽃과 함께 피어 있는 꽃은 천인국이다. 천인국은 작은 해바라기처럼 생겼는데, 여름 내내 핀다. 그 사이사이에는 보라색 엉겅퀴꽃이 피어 있다. 띄엄띄엄 토끼풀꽃도 있고, 늦게 핀 꿀풀꽃도 있다. 땅이 그리 기름지지 않아서인지 다른 풀들도 그리 크게 자라지 않고 거름기가 없으니 색도 노란색에 가깝다. 햇빛이 맑은 날이면 잎맥이 다 보일 정도로 투명하고 맑고 깨끗한 풀잎들을 바라보고 있으면 내 마음은 한없이 설렌다. 저 깨끗하고 해사한 꽃들은 봄부터 지금까지 이 작고 보잘것없는 언덕에서 쉼 없이 피었다가 스스로 진다. 그 어떤 것도 방해하지 않고 스스로 가꾸지 않아도 저리 어여쁘기만 한 것이다.

내가 꽃을 바라보고 있으면 이따금 다희와 창우도 와서 내 곁에 쭈그리고 앉고 인수도 와서 이 꽃 저 꽃을 물어본다. 창우와 다희와 내가 나란히 앉아서 보는 꽃은 더없이 예쁘다. 이렇게 앉아 이 들풀 속의 꽃들을 보고 있으면, 나는 늘 내 삶에 여한이 없어진다. 이 아이들과 내 시와 이 들꽃들 이외에 그 무엇을, 그 어떤 것을 더 욕심내고 바란단 말인가. 사람들은 그 얼마나 부질없는 짓으로 날을 지새우고, 헛수고로 세상을 어지럽히고, 세월을 허비하는가. 너의 지금 그 생각도 부질없다고, 아니라고, 그게 아니라고 개망초 해사한 꽃송이들이 고개를 가로젓는다. 바람이 저만큼 가서 또다른 꽃을 흔든다.

이 세상 모든 나무들이 잎을 피워낸다. 얼마 전 화사하게 꽃을 맘껏 달고 있던 벚나무, 살구나무, 산복숭아나무도 잎을 피우고, 봄내내 꿈쩍하지 않고 까맣게 서 있던 감나무도 빛나는 잎을 피워낸다. 오동나무에 꽃이 피면 초여름인데, 오동나무는 잎보다 먼저 봄바람 속에 꽃등을 달았다. 잎이 늦게 피는 자귀나무에도 새순이 돋아난다. 아직 대추나무만 죽은 나무처럼 까맣게 잠들어 있다.

내가 사는 이곳의 산은, 나무들은, 숲은, 강변은 지금 더할 수 없이 아름다운 '혁명'중이다. 아침햇살과 저문 햇살 속에 피어나는 감나무 이파리들은 얼마나 빛나는 몸으로 자기 모습을 가득 채워가는가. 마을 입구의 아름드리 느티나무는 또 얼마나 작고 빛나는, 수많

은 이파리들을 피워 우람한 몸체를 세상에 드러내는가. 아, 저 새잎
들의 푸르름은 도대체 어디서 오는가. 저 수많은 나무 이파리들은
도대체 어디에 있다가 저렇게 피어나며, 서로 부딪쳐도 상처 입지
않고 바람 속에서 반짝반짝 빛나는가. 잎을 다 피워내며 아침햇살
을 받는 나무들은 성스러워 보인다. 까만 아침 산그늘 속 아침햇살
에 황금빛으로 드러나는 키 큰 포플러는 또 얼마나 위대해 보이는
가. 먼 산에 참나무 잎은 지는 햇살에 황금빛이며, 은사시나무 잎은
뽀얗게 산 한쪽을 물들인다. 산은 마치 화가가 캔버스에 처음 연두
색 유화물감을 척척 바르는 것같이 푸르러진다.

　나무들이 새잎을 피워내는 일은 새로 역사를 쓰는 것 같다. 나무
들이 새잎을 피워내는 일은 깨끗한 새 나라를 세워 새 정부를 다듬
는 일 같고, 새로 시를 한 편 쓰는 일만큼이나 아름다워 보인다. 나
는 지금 날마다 나무들 곁을 지나며 나무들에게 경배하고 감동하고
감탄한다. 이렇게 잎을 피워내는 커다란 느티나무 아래에 서면, 나
는 한 들판에서 평생 농사를 지으며 사는 나이 든 농부를 바라보는
것만큼이나 세상이 든든해진다.

　5월의 산에서 나무는 지금 무슨 일을 하고 있는가. 정오의 햇살
이 찾아드는 5월의 숲에 나는 들어선다. 햇살이 찾아든 숲은 오, 눈부
셔라. 바람이 불면 나무와 숲은 커다란 산과 함께 움직인다. 새로
잎 피는 나무들이 나를 에워싼다. 새로 피어나는 작은 이파리들은

그리운 세상에 눈을 뜨며 놀라고, 그 반짝이는 눈빛에 나도 놀란다. 반가워라 내게 손을 흔드는 새 이파리들아, 하루 종일 이파리들을 따라다니며, 이파리 위를 걸어다니는 초록의 어린 해야. 이따금 지나는 구름아, 비야, 안개야. 온몸을 흔들어 깨우는 바람아. 해가 지면 내려오는 산그림자야.

지금 숲에서 나무들은 무슨 일을 하는가. 작은 새들은 소나무 가지와 가지 사이에 내려앉는다. 다람쥐는 부산하게 나무들을 타고 오르내린다. 어디서 낮 소쩍새가 우는구나. 오, 저 층층나무는 벌써 하얀 꽃을 층층이 피우는구나. 저 오리나무 밑에 연보라색 아기 붓꽃은 올해는 늦게 피고, 고사리도 어제 아침보다 쑥 자랐구나. 어, 가시가 다닥다닥 붙은 두릅나무 순도 돋아나고, 뽕나무 새순도 활짝 펴진다. 너는 둥굴레 새싹 아니냐. 얼마나 천천히 땅을 밀고 솟아났으면 그렇게나 파랗게 세상에 물들었느냐. 할미꽃, 흰제비꽃도 많이도 피었구나. 저기 저 논두렁에 붉은 자운영꽃아, 쑥부쟁이꽃아, 흐르는 강가에 피어나 저문 강물에 어리는 개구리자리꽃아. 나무들이 춤을 추고, 산이 일어서고, 강물은 달리고, 그 강, 그 산 아래 작은 운동장에 우리 아이들이 거침없이 뛰논다.

3학년에 막 올라간 인수가 오늘 아침에 「생명의 한살이」라는 글을 써왔다.

생명의 한살이

배추흰나비는
번데기에서
흰나비가 되고

개구리는
올챙이에서
개구리가 된다.

나무 씨앗이
열매에서 퍼지면
떨어져 자라
나무가 된다.

　그렇다. 생명의 한살이로 지금 아름다운 우리 산천은 '최대의 풍경'을 그려내고 있다. 나무에서 피어난 작은 이파리들이 나무를 그려내고, 나무들이 모여 숲을 이룬다. 그리하여 5월의 푸른 산은 우리 앞에 우뚝 솟는다.

　우리는 지금 이 산천의 아름다운 '혁명' 앞에서 무엇을 쓰고, 무엇을 세우고, 무엇을 만들고, 무엇을 마음에 그리고 있는가.

연두색 연한 이파리들이 뜨는 해와 지는 해 아래 반짝이며 초록으로 섞이더니, 어느새 서로 부딪치면 제법 소리가 나는 두꺼운 녹색 잎으로 색깔을 바꾼다. 세월은 빨라서, 꽃 피고 지고 잎 우거지는 일들이 순식간에 지나간다. 꽃이 피고 잎이 돋는 화려한 잔치가 끝나고, 이제 산은 녹음으로 의젓하고 의연하게 일어서며 푸르러진다.

해가 뜨는 아침, 골바람이라도 산 위로 불면 나뭇잎들이 하얗게 뒤집혀, 산은 너울너울 춤을 추는 것 같다. 그런 산을 바라보고 있으면 나도 산과 함께 커다란 춤을 추며 어지럼증을 탄다. 이렇게 산이 잎으로 우거지는 날 저문 산그늘은 그 얼마나 서늘한가. 달이라도 뜨면 산은 또 얼마나 검푸르게 우뚝 일어서는가. 이제 강가나 강

언덕에, 산길에, 하얀 찔레꽃 덤불이 생길 것이다. 강변에는 보라색 붓꽃이 피어나고, 깊은 산에는 이팝나무 하얀 꽃이 이제 시작되는 푸르름 위에 쌀밥처럼 수북하리라.

오늘 아침 학교에 출근해 운동장에 들어서니, 올해 처음 듣는 새소리가 들렸다. "어, 저 소리는 꾀꼬리 울음소리 아냐" 하며, 새가 우는 곳을 바라봤더니, 샛노란 꾀꼴새가 우람하게 우거지기 시작하는 미루나무에서 후루루 날아 학교 뒷산 솔숲으로 간다. 푸른 산, 파란 하늘을 배경으로 노란 꾀꼴새는 날아 솔숲에 든다. 나는 한참을 티 없이 맑은 하늘과 의연하게 솟은 아침 산을 눈부시게 바라본다. 참, 좋다. 소나무도 지금 새순이 돋아나며 꽃을 피운다. 돋은 그 새순에서 여린 솔잎이 솟아난다.

가방을 교실에 두고 금방 꾀꼴새가 날아든 뒷산 솔숲으로 산책을 간다. 오늘은 아이들이 우르르 따라온다. 아침햇살이 솔숲 사이로 찾아들었나. 솔숲 아래 작은 나뭇잎들이 참으로 황홀하게 햇살을 받는다. 내 손바닥보다 큰 가랑나무 잎에 떨어진 햇살은 눈부시다 못해 찬연하다. 어디선가 계속 꾀꼴새가 운다. 다람쥐가 도망가고 아이들은 여기저기 뛰어다닌다. 교실에 들어와서 오늘도 아이들 일기를 본다. 6학년 귀봉이의 일기다.

오늘 학교 갔다 와서 보니, 엄마가 밭을 파고 있어서, 옷을 갈아입고 후

딱 가서 같이 땅을 팠다. 굼벵이가 너무 많이 나왔다. 또 10센티미터나 되는 지렁이가 나왔다. 너무 징그러웠다. 또 작은 지렁이가 나와서 베스 잡으려고 모아두었는데, 엄마가 어떻게 해서 싹 사라져버렸다. 손바닥이 막 아파서 보니, 물집이 크게 생겨서 아팠지만 엄마가 이 큰 밭을 혼자 판다는 생각을 하며, 참고 땅을 파는데, 큰엄마가 간은정이로 개밥 가지러 가자고 했다. 그래서 개밥을 가지고 왔는데, 아직도 엄마가 일을 하고 있었다. 그래서 엄마 쉬라고 하고 내가 열심히 엄마 몫까지 일을 하였다.

일기를 다 읽고 나니, 꾀꼬리가 솔숲에서 운동장가의 미루나무로 날아와 낭랑하게 운다. 꾀꼬리가 울면 바쁘게 일하는 철이다. 놀면서 아까운 밥 먹으며 또 그 밥 먹은 입으로 헛소리하는 사람들이 먹은 밥이 아깝다고, 밥값 좀 하라고 꾀꼬리가 운다. 저 5월 청산을 날며 운다.

꽃이 피고
나비가 날아다니는
봄날

산마다 산벚꽃이 하얗게 피어 바람에 진다. 우리 학교에도 벚꽃이 피어 바람에 우수수 떨어진다. 아이들이 떨어지는 하얀 꽃 이파리들을 입으로, 손으로 받으려고 뛰어다닌다. 바람 속을 뛰어다니는 아이들도 꽃잎이다. 땅에는 온갖 풀꽃들이 피었다. 아이들에게 꽃 이름을 가르친다. 봄맞이꽃, 자운영꽃, 민들레꽃. 아이들은 금방 꽃 이름을 잊어버리고 꽃을 꺾어 가지고 와서는 또 이름을 묻는다. 꽃과 아이들이 어쩐지 잘 어울린다.

아침에 출근하면 나는 먼저 아이들 일기장을 읽는다. 창우와 다희는 그림일기를 제법 잘 쓴다. 아이들이 그린 사람 모양, 나무 모양, 꽃 모양은 참으로 신기하다. 들여다볼수록 웃음이 나오고, 아이들의 마음이 신비롭게 묻어난다. 이 아이들의 그림일기를 보며 늘 감탄하고 감동하는데, 나는 이 시간이 그 어느 때보다 좋다. 특히 1학년 다희와 창우는 날마다 글과 글씨가 다양하고 다채로워진다. 나는 창우와 다희에게 자기들의 그림 이야기를 듣는다. 아이들은 그림을 잘도 설명한다. 이건 아빠고요, 이건 우리 집 강아지고요, 이건 다희고요, 이건 선생님이고요. 자동차, 구름, 하늘도 그리고, 해를 두 개나 그려놓고 하나는 해의 친구라고도 한다. 오늘은 6학년 아이들의 일기를 자세히 보았다. 아래의 일기는 초이의 일기다.

오늘 학교에서 야구를 하고 있는데 갑자기 백옥같이 하얀 몸을 가진 흰나비가 날아간다. 세희랑 내가 야구를 하다 말고 나비를 쫓아다녔다. 나무 위에 나비가 사뿐히 내려앉았다. 내가 더욱더 나비를 자세히 보고 싶어졌다. 그래서 살금살금 다가가자 어떻게 알았는지, 흰나비가 도망가버렸다. 그래서 다시 야구를 하러 가니까 노랑나비가 또 있었다. 이 노랑나비는 더 예쁜 것 같았다. 그래서 최현정이랑 내가 또 따라가보았다. 훨훨 날아서 사뿐히 앉고 다시 훨훨 날아다니는 나비가 나는 부러웠다. 현정이와 내가 같이 팔을 쭉 펴고 나비처럼 날갯짓을 해보았다. 이상했다. 그만두고 야구를 했다. 어, 그런데 또 호랑나비다.

초이는 일기를 자세히도 썼다. 자연이 말해주는 것을 잘도 받아 쓰고 있었다.

초이의 일기를 읽고 밖을 본다. 벚꽃 이파리들이 예쁜 나비들처럼 떨어지며 날아다닌다. 아이들이 부지런히 꽃잎을 따라다닌다. 운동장 끝에 걸린 호수의 빛깔이 늘 새롭게 보인다. 아이들도 볼 때마다 늘 새롭다. 지금, 봄의 진행처럼 아이들의 생각과 몸은 늘 바쁘다.

3일 전 소낙비가 한번 지나가더니 내리 사흘 동안 날씨가 밝고 맑다. 강 건너 앞산이 내 이마 가까이 바짝 다가온 것 같다. 하늘이 유감없이 파랗고 구름 또한 깨끗하다. 좋은 날이다. 푸른 숲으로 둘러싸인 학교의 작은 운동장에도 하얀 햇살이 눈이 부시게 떨어져 있다. 그 따가운 햇살 속에서 아이들이 야구를 하며 논다. 푸른 산, 파란 호수, 그 위를 날아다니며 우는 뻐꾹새, 운동장가에 있는 커다란 미루나무에서 우는 매미와 샛노란 꾀꼴새들이 아이들이 노는 소리와 함께 어울려 꼭 내가 동화 속에 앉아 있는 것 같다.

나는 늘 이렇게 점심시간이면 교실 유리창에 턱을 괴고 앉아 아이들 노는 모습을 바라보며 혼자 웃기도 하고 아이들을 향해 고함

을 지르기도 한다.

오늘은 귀봉이 녀석이 뭐가 맘에 안 드는지 운동장에 쭈그려 앉아 야구공이 저에게 날아가도 느시렁거린다. 내가 고함을 질러 귀봉이를 달랠 차례다. 귀봉이를 달래놓고 나니 또 4학년 세희가 운다. 그리고 2학년 우리 반 아이들 인수, 동수, 은미는 국어시간에 배운 동시를 외우며 돌아다니다가 공을 놓치고 6학년 진산이에게 혼이 난다. 몇 안 되는 아이들이지만 운동장은 늘 그들만의 문제로 시끄럽고 부산하다. 그렇게 놀다가 아이들이 싹 돌아가버리면 학교는 너무 적막하다. 하얀 햇살이 눈부시게 가득한 저 작은 운동장을 나는 얼마나 오래 바라보며 살았던가. 그리고 얼마나 행복해했던가. 오늘도 그렇다. 저 운동장만 있으면 나는 행복하다.

산이와 민석이의 자리

작년에 우리 학교에 교환학생으로 왔던 산이와 민석이가 3학년
이 되어 다시 왔다. 나는 전주에서 이 두 아이를 차에 태우고 학교까
지 아름다운 길을 간다. 아이들과 함께 차를 타고 가면 즐겁다. 그
들은 어른들이 듣기엔 별 신기하지도 중요하지도 않은 이야기들을
신기해하며, 심각하게 이야기한다. 한참 아이들 이야기를 듣고 있
으면 그 일이 정말 나에게도 심각하게 들린다. 민석이는 전주에서
살기 때문에 제법 나무도 알고 곡식도 알고 꽃나무도 알지만, 산이
는 서울에서 왔기 때문에 들과 산에 있는 곡식과 나무와 꽃을 잘 모
른다.

우리는 산에 핀 이팝나무꽃과 동네 근처에 있는 보라색 오동나무

꽃에 대해서 이야기를 했다. 산이는 하루가 지나서야 오동나무꽃을 알아보았다. 차를 타고 다니면서 감나무도, 못자리도, 고추도 알아보았다. 우린 마구 떠들기도 하고 잎 피는 산을 보며 자기 생각에 깊이 빠지기도 하며 며칠을 다녔다.

열여섯 명뿐인 우리 학교에 산이와 민석이가 오면서 우리 학교 운동장은 아연 긴장하고, 활기를 띠어갔다. 학교 둘레의 산은 더 푸르러지며 바람을 부르고, 학교 앞 강물은 더 반짝이고, 다람쥐는 더 부산하게 운동장을 질러가고, 꾀꼴새는 더 낭랑하게 울어대고, 알에서 막 나온 딱새 새끼들은 더 시끄럽게 어미의 먹이를 찾는다. 아이들은 신이 났다. 편이 잘 짜이지 않아 축구와 야구를 할 수 없던 아이들은 산이와 민석이로 인해 편이 팽팽하게 짜여 운동장이 떠나가라 고함을 지르며 공을 찬다. 아이들 둘이 저렇게 잠잠한 세상에 활기를 불어넣다니, 나는 한 사람의 자리가 가진 힘을 실감했다.

아이들은 시간만 나면 축구와 야구를 했다. 1학년 창우와 다희도 헉헉 숨이 차도 뜨거운 봄볕에 얼굴이 벌겋게 익어 공을 따라다닌다. 햇볕은 한없이 따갑게 내리쬐며 운동장을 하얗게 만드는데, 운동장에서 아이들은 온몸에 햇살을 가득 받으며 거침없이 공을 차고 달린다. 5월의 햇살 아래 드러난 아름다운 산천 속에 뛰노는 아이들의 모습은 펄펄 살아 있는 완벽한 풍경이다. 나는 아이들이 뛰노는 저 자유로운 모습과 산천의 푸르름을 바라보며 숨이 턱에 찰 만큼

충만해진 가슴을 어떻게 할 줄 몰랐다.

인간의 가장 위대한 스승은 자연이다. 자연으로부터 자연스럽게 터득하고 깨닫는 것들은 몸과 마음에 배어 흔들리지 않는 신념이 된다. 이젠 산이도 가고, 민석이도 갔다. 남은 아이들이 운동장에서 축구를 한다. 힘들어 보인다. 늘 말하지만, 산도 강도 꽃도 사람이 있어야 산이고 강이며 꽃이다.

5월을 막 넘어선 계절, 비 그친 아침 산천은 임을 만나기 위해 산
뜻하게 차려입고 문을 나서는 처녀, 총각의 얼굴과 옷차림만큼이나
싱그럽다. 뻐꾹새가 이 산에서 저 산으로 날아가며 '뻑뻑꾹' 운다.
시를 쓰고 소설을 쓰는 사람들 중에 뻐꾹새와 소쩍새와 쑥꾹새를
구분하지 못하고, 갈대와 억새를 구분하지 못하는 사람들이 많다.
어떤 소설이나 시를 보면, 봄에 피는 꽃과 가을에 피는 꽃을 구별하
지 못해 봄에 피어야 할 꽃을 가을철에 피워놓고, 가을에 피어야 할
꽃을 봄에 피워놓는다.

학교 운동장 옆에 작은 비탈밭이 있다. 할머니 한 분이 촉촉하게
젖은 땅에 가만가만 고구마 순을 놓는다. 아침이어서 땅은 서늘하

고, 산속에서 우는 새소리 역시 맑다. 나는 하얀 수건을 쓰고 아주 천천히 고구마 순을 땅에 놓는 할머니와 촉촉하게 젖은 붉은 황토 밭가에 쭉쭉 늘어진 찔레꽃 하얀 덤불을 본다. 촉촉하게 젖은 땅과 새로 심은 고구마 싹과 깨끗한 하늘과 오랜 세월 흙과 더불어 살아오신 할머니의 느리게 일하는 모습이 참으로 보기가 좋았다. 생각이 차분하게 가라앉고, 모든 세상일에 안심이 된다. 그렇게 한참을 할머니가 일하는 모습을 보며 운동장가에 서 있으려니, 창우와 다희가 슬그머니 내 옆에 와서는 "뭐 하세요?" 한다. 그러더니 아이들도 할머니가 일하는 모습을 물끄러미 바라본다. 아침햇살이 찔레꽃에 찾아든다. 맑은 햇빛을 받은 찔레꽃은 희고 곱다.

초등학교에 다닐 때, 나는 학교에 갔다 오면 집안일을 다 해놓고, 동생을 업고 밭에서 일하시는 어머니를 찾아갔다. 어머니가 동생에게 젖을 주는 동안 나는 밭을 매기도 하고, 물끄러미 어머니를 바라보며 젖을 먹는 동생의 까만 눈을 쳐다보기도 했다. 그 어느 때보다 한가롭고, 차분해지는 시간이었다. 젖을 다 먹은 동생을 업고 돌아오는 저문 강길에 저렇게 찔레꽃이 하얗게 피어 있었다.

봄이 되었다 싶으면, 찬바람 부는 길가나 밭에 피어나는 온갖 풀꽃들은 바라볼수록 삼삼하게 아른거려 안쓰럽다. 잎보다 먼저 산에 들에 피어 바람에 날리는 연분홍 꽃잎들은 사람들을 싱숭생숭 들뜨게 하고, 잎이 우거진 나무에 피거나 늦봄의 산에 피는 꽃들은 사람들을 차분하게 가다듬게 한다. 밭둔덕이나 강가에 무더기 무더기 피는 찔레꽃 덤불이 그렇고, 넓은 잎 위에 차분하게 핀 하얀 산딸나무꽃이나, 나무 아래 서봐야 보이는 흰 때죽나무꽃이 그렇다. 지금 산에 피는 꽃들은 모두 푸른 나무에서 피는 희고 고운 꽃들이다.

오늘 나는 하루 종일 비가 그친 깨끗한 산속의 밭가에 서늘하게 핀 찔레꽃 하얀 덤불과 흰 수건을 쓴 할머니가 일하는 모습이 자꾸 어른거리고, 그럴 때마다 왠지 마음이 반듯하게 가다듬어진다.

무엇이 세상을 아름답게 하는가

아이들이 다 돌아간 운동장은 적막하다. 텅 빈 운동장에는 햇살이 정직하게 내리쬐고 한쪽은 벌써 산그늘이 내렸다. 아, 저 적막한 산그늘, 운동장 끝에 걸린 호수의 물이 빠지고 있다. 농사철이라 물을 빼고 있는 모양이다. 운동장가의 언덕에는 진보라색 꿀풀꽃들이 한창 피어난다. 꽃송이를 쏙 뽑아서 꽃 끝을 쭉 빨면 꿀같이 단물이 나온다고 이름이 꿀풀꽃이다. 산그늘에 덮인 꿀풀꽃은 참으로 서늘하다. 꿀풀꽃뿐이 아니다. 산그늘에 덮인 토끼풀꽃은 얼마나 깨끗하게 희고, 늦게 핀 씀바귀꽃은 얼마나 샛노랗게 그 자태가 아련한가. 이렇게 산그늘이 내린 운동장을 나는 어슬렁거린다.

학교 뒷밭에 언제 심었는지 옥수수가 나박나박 자라서 제법 잎이 휘어졌다. 나무막대기에 기댄 고추도 땅맛을 알았는지 몸을 비틀며 추스른다. 그 밭 아래 하지감자꽃이 하얗게 피었다. 밭 가운데에 있는, 잎이 다 우거진 감나무를 나는 오래오래 바라본다. 나는 잎이 피어나는 모든 나무를 좋아하지만 감나무 잎이 필 때를 가장 좋아한다. 역광을 받은 작은 감잎은 황금색으로 현란하게 빛난다. 나무들이 잎을 새로 피우는 것은 시인이 시 한 편을 새로 쓰는 것과 같고, 역사를 새로 쓰고 나라를 새로 세우며 정부를 새로 다듬는 것과 같다. 지는 해 아래 눈부시게 반짝이던 감잎이 이제 짙은 녹색으로 완전하게 제 모습을 갖추고 의연하게 서 있다. 감나무에 곧 감꽃이 피겠지?

제 모습을 맘껏 그린 나무들이 이룬 6월의 산은 또 얼마나 장엄하게 저녁을 맞고 있는가. 그 산자락 마을에 나이 든 농부들이 흙을 뒤집어쓰고 들판을 파랗게 물들이고 있다. 길을 가다가 나이 든 농부부부가 경운기 가득 파란 모를 싣고 가는 모습을 보면 나는 눈물이 난다. 어렵고 힘겹게 길을 비켜 가는 농부들의 흙 묻은 얼굴과 햇볕에 까맣게 그을려 바스라질 것 같은 모습을 보면 나는 정말 목이 멘다. 나도, 세상을 알 만큼은 안다. 오, 우리 어머니, 아버지의 저 힘겨운 수고가 우리에게 무엇인가. 날이면 날마다 터지는 저 부끄러운 정치권력들의 추태가 저 산천의 아름다움과 우리의 늙은 어버이들에게 무엇인가. 허리 굽혀 땅을 파고 농사짓는 사람들을 외면하

기 시작하면서 세상은 타락하고 더러워졌으며, 인간들은 부끄러움
을 잃었다.

　해 지는 산 아래 감나무의 옷을 보지 않으니, 옷의 아름다움을 잃
어버렸고, 들과 산과 언덕에 피는 작은 풀꽃들의 어여쁨과 빛나는
아름다움을 보지 않으니, 손과 얼굴과 몸에 추한 것들을 치렁치렁
달고 다니며 뻔뻔스럽게 으스댄다. 저 우거진 산에 들에 나가, 뜨는
해와 지는 해 아래의 아름다운 나뭇잎들과 풀꽃들을 보라. 옮겨 앉
은 땅에 뿌리를 내리며 푸르러지는 저문 논의 벼들을 보라. 저 산의
나무와 저 언덕의 풀꽃과 저 들판의 곡식은 무엇으로 세상을 아름
답게 하는가.

아이들아,
구절초꽃 피면
만나자

여름방학 과제를 나누어주면서 창우에게 "창우야, 방학 동안 너 보고 싶으면 나 어떻게 해?" 그랬더니, 비시시 웃으며 창우는 "전화하세요. 222에 얼마얼마예요" 한다. 창우와 다희는 이제 어엿한 1학년이 되어 글씨도 잘 쓰고, 글도 잘 읽게 되었다. 언니오빠들과 함께 제법 어울려 공도 차고 야구도 한다. 선옥이는 1학년 때 한 글자도 읽거나 쓰지 못했는데, 2학년 1학기가 지난 지금 제 이름도 쓰고 담임선생님 이름도 쓴다. 글씨를 그렇게 어지럽고 심란하게 쓰던 2학년 두나는 이제 제법 공책이 깨끗하게 글자를 쓰고 글쓰기 시간에도 예쁜 글을 써온다.

작년에 내 반이었던 은미는 키가 훌쩍 컸고, 인수와 동수는 학교

100년사진 92. A

운동장에서 눈에 띄게 활동적이다. 이제 그 셋이 빠지면 우리 학교에서 아무런 운동도 할 수 없을 만큼 든든해졌다. 4학년 빛나와 세희는 작년에 이곳으로 이사를 왔는데, 이제 이 아이들의 눈에도 시골의 풍경들이 보이고 마음에도 자리를 잡아가는지, 글쓰기 시간에 제법 또렷한 글들을 써와서 나를 기쁘게 한다. 어렵지만 이들이 비로소 작은 마을에 자리를 잡아가는 것 같다. 늘 말이 없는 현자는 지금도 그림같이 자세를 흩트리지 않고 앉아 있고, 진철이는 사내 꼴이 박혀 행동이 커졌다.

5학년 현정이는 동생인 현자처럼 말이 없지만, 내가 어느 날 고속버스 휴게소에서 우연히 현정이 아버지를 만나 아이들 주라고 빵을 사주었는데, 그 이튿날 아침 현정이가 조용히 내게 다가와서는 "선생님, 빵이랑 음료수랑 잘 먹었습니다" 하지 뭔가. 그때 나는 참으로 놀랍고 고마워서 환하게 웃어주었다. 6학년 귀봉이는 이제 그 순한 농부 얼굴이 더욱 소박하게 어른스러워져서 집에서 하는 개집 치우기나, 고추밭 풀 매기 같은 힘든 일도 하게 되었다. 소희는 설거지를 하거나 고추밭에서 어머니와 같이 일을 할 만큼 몸과 마음이 커졌다. 우리 학교 회장인 초이가 다희와 창우의 손을 잡고 운동장가에서 호수를 바라보는 모습은 늘 그림 같았다.

열여섯 명의 아이들은 한 학기 동안 거침없이 잘도 커주었다. 아이들이 크는 동안 학교 운동장가의 언덕에 풀꽃들은 얼마나 환하게 많이 피어났으며, 새들은 얼마나 많이 날아다니며 울어주었던가. 어, 학교 뒤 도랑에 올챙이는 맹꽁이가 다 되었네? 창우 녀석이 그렇게나 귀찮게 했었는데…… 가방 메고 달려가는 창우를 불러 내 볼에 뽀뽀를 하게 하고, 나는 개구쟁이 창우 얼굴을 행복하게 바라본다. 아이들아, 강가에 구절초꽃 피는 9월에 만나자. 엄마 맘껏 귀찮게 하며 잘들 놀아라. 산도라지꽃같이 환한 얼굴의 내 아이들아.

　교사가 아닌 사람들이 이 글을 보면 무슨 배부른 소리냐고 할지 모르겠지만, 언젠가부터 방학을 하면 나는 갑자기 심심해져서 며칠 간 어쩔 줄을 모른다. 아침에 일어나면 무엇을 해야 할지 모르겠고, 오늘부터 방학이라고 생각하면 갑자기 하루가 아득해지고 내일이 걱정이고 모레가 걱정이 된다. 그냥 허둥대고 아무것도 손에 잡히질 않는다.

　방학한 지 사흘도 지나지 않았는데, 갑자기 아이들이 궁금해져서 1학년 창우에게 전화를 한다. "창우야, 지금 뭐 해, 일기는 썼어?" 하고 물으니, "근데요 선생님, 우리 강아지가 세 마리 죽으려고 해요." "큰일 났네, 어떡하지?" 그러자 지금 아버지가 돌보고 있단다.

나는 또 일기가 궁금해서 "근데 창우야, 일기 썼어?" 하자 "근데요 선생님, 우리 집 큰 개도 죽으려 해요" 한다. 창우는 끝내 일기 이야기는 한마디도 하지 않는다. 나는 다시 같은 반 다희네 집으로 전화를 한다. 다희는 외갓집에 갔단다. 6학년 귀봉이네 집에 전화를 한다. 귀봉이는 오늘 개집에 쌓인 오물을 치웠단다. '빨리 오물을 치우고 앞강에서 낚시질을 해야지' 하며, 땀을 뻘뻘 흘리는 귀봉이 모습이 훤하게 떠오른다. 소희에게 전화를 했더니, 소희는 오늘 바람으로 쓰러진 고추밭에서 일을 했단다. 그 야무진 모습으로 이마에 땀을 훔치고 매운 코를 훌쩍이며 고추를 따는 소희의 모습이 보이는 것 같다. 그리고 초이에게 전화를 했더니, 초이는 요즘 양계장에서 일을 한단다. 날씨가 너무 더워 닭들이 더러 죽기도 하므로 닭장에서 닭들을 돌보는 모양이다. 우리 반 1학년 두 명, 6학년 세 명. 전화를 다 하고 나니 그나마 오늘은 무슨 일이라도 한 것 같은 기분이 든다.

나는 스물두 살 머리털이 새까만 청년 시절에 선생을 시작해 올해로 꼬박 스물아홉 해를 코흘리개 아이들 곁을 한 번도 떠나지 않고 지냈다. 생각하면 참으로 긴 세월인데, 순식간에 지나가버린 것 같다. 눈만 뜨면 늘 내 곁에는 머리통이 까만 아이들이 떠드는 소리가 떠나지 않았다. 언젠가부터 나는 그 아이들의 시끄러운 소리가 습관이나 버릇으로 그냥 지나쳐가는 소리가 아니길 바랐다. 아이들의 모습과 떠드는 소리가 늘 새로운 소리로 내 귓가에 와 닿기를 바라면서 살았다.

평생을 강과 산과 아이들을 바라보고 살았지만, 나는 그 풍경에 한 번도 질린 적이 없다. 유리창에 이마를 대고 서서 아이들을 바라보면, 아이들의 손짓, 발짓, 얼굴 표정, 뛰고 달리고 싸우며 울고 웃는 모습이 어찌 그리 예쁜지 모르겠다. 각양각색의 저 몸짓들은 운동장에, 산과 강에, 그리고 내 마음속에 온갖 그림을 그려내곤 한다.

나는 아이들이 노는 모습을 보며, 사람이 꽃보다 예쁘다는 생각을 한다. 우리 학교 운동장 언덕에 봄부터 가을까지 저절로 피어나는 수많은 풀꽃들처럼 아이들의 모습은 늘 생기 넘치고 아름답다. 나는 이제 꼼짝없이 아이들에게 매인 몸이 되었다. '검은 머리가 파뿌리'가 될 때까지 아이들 곁에서 아이들과 함께 웃고 떠들며 지낼 거라는 생각을 하면, 나는 자다가도 돌아누우며 내 삶이 행복한 삶임을 깨닫는다. 어떤 일이 있더라도 아이들과 학교 운동장을 생각하면, 남은 내 생에 아무 여한이 없는 사람처럼 마음이 평안해지는 것이다. 어느 날 귀봉이가 「선생님」이라는 시를 써왔다.

선생님

여름이지만
선생님 머리에는
눈이 왔다.

눈을 치우고 싶지만
못 치운다.
나이 때문이다.

　아이들이 내게서 이렇게 자라는데, 내가 더 무엇을 바라겠는가. 지금 학교는 뭐 할까. 아이들이 없는 운동장엔 드문드문 풀이 자랐

겠지? 철봉은 얼마나 심심하고, 축구 골대는 얼마나 아이들을 기다
리고 있을까. 운동장가의 천인국은 비와 바람에 잘 견디었는지. 하
얀 개망초꽃은 다 졌겠지? 학교 둘레밭 고구마는 더 자라고, 옥수
수는 수염을 길게 늘어뜨리고 있겠지. 학교 뒤꼍 도랑에 맹꽁이 올
챙이는 발이 다 생겼을 거야. 다람쥐는 제 마음대로 학교를 돌아다
니겠지. 마암분교야, 나는 방학 동안 내내 영어 강습을 받는단다.
그런데 학교야, 아이들아, 지금 뭐 하니? 나 지금 진짜로 우리 학교
에 가고 싶단다.

일기

어제는 하늘이 어찌나 푸른지 눈이 시려 차마 못 보겠더니 오늘은 하얀 뭉게구름이 뭉게뭉게 솟아 있고 어떤 구름은 손을 내밀면 손에 잡힐 듯 내 이마 가까이 둥둥둥 떠간다. 참말로 무슨 말을 해야 할지 말문이 막히게 좋은 하늘이다. 구름이 어쩌면 저렇게 희고 고운지 모르겠다. 햇솜 같다는 말이 저절로 나온다. 아름다운 가을이다. 대낮에도 화단에서 풀벌레가 울고 귀뚜라미란 놈이 교실 벽 아래로 나와 돌아다닌다. 이 학교로 올봄에 처음 와서 아이들과 심었던 해바라기꽃이 피었다. 고개를 들 수 없을 정도로 푹 수그리고 알알이 씨를 익히고 있다. 가만히 보고 있으면 자연이 다 자기 생각으로 익어가는 것 같다. 생각이 익는 것일까. 산골 다랑이논의 벼 또

한 그렇게 고개를 숙이며 익어간다. 수수도 그렇고 모든 풀들이 다
그렇다.

이 작은 분교 아이들은 모두 열다섯 명이다. 내 반은 2학년이 두
명, 5학년이 세 명이다. 아이들은 따갑고 고운 가을햇살 속에서 거
미처럼 까맣게 탔다. 지금은 점심시간인데, 남학생 여섯 명은 야구
를 하고 있다. 야구는 한 편에 아홉 명으로만 하는 경기인 줄 알지
만, 웬걸 한 편에 세 명씩 갈라 경기를 한다. 두 명이 한 팀이 되어
경기를 할 때도 있는데, 그럴 때는 1루와 2루만 가지고도 경기를 잘
한다. 내게 사람들이 세상에서 제일 좋은 구경이 무엇이냐고 물으
면 나는 서슴없이 아이들 노는 모습이라고 말한다. 언제 어디서 어
떻게 놀아도 아이들이 노는 모습은 아름답고 예쁘다. 나는 그 맛으
로 초등학교 선생 노릇을 여태껏 하고 있는지도 모른다.

오늘은 운동 연습으로 청백 계주를 했는데, 전교생이 열다섯 명
이어서 짝이 맞지 않아 아직 취학 전인 주사님 딸 현미를 데려다가
짝을 맞추었다. 운동장 한 바퀴 돌기를 했는데, 어떤 짝은 언니와
동생이 같은 짝이어서 균형이 맞지 않았고, 어떤 짝은 동생과 형이
뛰게 되고, 또 어떤 짝은 2학년과 4학년이 짝이 되어 균형이 깨졌
다. 이리저리 아무리 맞춰봐도 한 편이 월등하게 유리해서 나중에
는 계주만은 균형을 맞추느라 청군 백군을 뒤섞어야 했다. 아무튼
어떻게, 어떻게 경기를 치르느라 한 시간을 다 잡아먹었다. 열다섯

명의 아이들과 세 명의 선생, 두 명의 주사가 달려들어 고함을 지르며 하는 운동 연습은 한 편의 그림이요, 시요, 동화이자, 영화의 한 장면이며, 한 장의 가을 사진이다. 한마디로 말하면 예술이다.

뒷동산의 푸른 솔숲과 키 큰 해바라기와 운동장 너머의 푸른 호수와 산, 학교 옆 밭에서 자라는 수수와 고구마 넝쿨, 익어가는 팥과 콩, 그 옆에서 붉어지는 감과 운동장가의 붉게 물들어가는 벚나무 잎들, 그리고 까만 아이들과 푸른 하늘을 상상해보라. 그것이 예술이 아니고 무엇이겠는가. 문학이든 뭐든 간에 사람 사는 모습이 이래야 하지 않을까. 물론 오만 가지 이유들이 엄청나게 많겠지만 말이다. 어찌 생각해보면 사는 것이 풀잎을 지나가는 바람 같은 것이요, 그냥 아무것도 아니라는 허망한 생각이 들고, 그런 생각이 들어도 아무렇지 않을 때가 있다. 아이들이 다 돌아간 지금, 저 하늘과 이 땅의 풍경들이 그런 생각을 하게 한다.

참 좋은
어느 가을날 아침

아침이다. 안개가 세상에 가득 끼었다. 산천 곳곳에 노란 산국이 참말이지, 많이도 피었다. 아이들과 뒷산을 산책하는데 길을 가지 못하겠다. 이 꽃이 더 예쁘겠지, 하며 꽃을 바라보면, 저만큼에 있는 저 꽃이 예쁜 것 같고, 안개와 나무들, 그리고 아이들의 소리와 몸짓은 참으로 깨끗하다. 운동장에는 아이들이 '펑펑' 공 차는 소리가 들리고 운동장가의 벚나무는 벌써 잎이 다 졌다. 남은 잎들이 안개 속으로 천천히 내려온다. 안개가 걷히면 운동장 저편 호수는 또 얼마나 근사하게 가을빛을 뽐낼까. 그 호숫가의 산은 또 얼마나 단풍이 숨 막히게 고운가. 산그늘이 내린 강변이며, 강물이며, 강 건너 산이며, 집으로 돌아가는 아이들이며, 모든 것이 아름다워 보이는 것이다.

아이들이 가방을 교실에다 두고 운동장으로 나간다. 아이들은 늘 심심한 줄을 모른다. 내가 보기엔 하나도 재미없는 일에도 아이들은 정신을 팔고 논다. 모래 몇 줌만 있으면 그들은 몇 시간이고 재미있게 놀고, 도랑에 올챙이 몇 마리만 있어도 몇 시간이고 논다. 아이들의 눈에는 이 세상 모든 것이 신기하고 신비로워 보이는 것이다. 시인의 마음이며, 예수의 마음이며, 석가의 마음이다. 그래서 사람들은 어린이를 찬양한다. 어린이는 아무리 찬양해도 그 빛이 바래지 않는다.

운동장가에 창우와 서울에서 교환학생으로 온 명원이와 얼마 전 전학 온 명운이가 정말로 이마를 맞대고 앉아 있다. 살며시 다가가 보았더니, 이 세 놈이 땅을 손가락으로 뒤적이며 "어디 갔지? 어디 갔지?" 하며 자꾸 땅을 뒤적인다. 내가 아이들 가까이 머리를 들이밀어도 요 녀석들은 눈치를 못 챘다. 내가 "떽!" 하고 고함을 지르자, 깜짝 놀라며 일제히 나를 보고는 "에이, 깜짝 놀랐잖아요" 한다. "니들 뭐 혀?" 하며 아이들에게 물었더니, 여기다 수박씨를 심어놓았는데, 그리고 싹이 돋아났는데, 누가 캐버렸다고 "수박 나서 열면 나눠 먹으려고 했는디" 하며 창우가 못내 서운해한다.

어제는 또 우리 반 창우와 다희가 운동장에서 어깨를 나란히 하고 다정하게 무슨 이야기를 하며 걸어오기에 "창우, 다희는 좋겠다.

맨날 그렇게 둘이 노니까. 근데 뭐 해?" 그랬더니, 다희가 감씨 하나를 보여주면서 이걸 어디다 심을까 찾고 있단다.

안개가 걷히고 해가 뜬다. 안개가 짙게 낀 날은 날씨가 참 좋지. 나는 또 티 없이 맑은 가을하늘을 보며 뭔가에 설렐 것이다. 수박씨를 심어놓고 싹이 나고 수박이 열리기를 기다렸던 창우와 다희처럼.

제2부

———

창우랑 다희랑

창우야 다희야, 내일도 학교에 오너라

구름 한 점 없이 하늘이 파란 날, 그 티 없이 맑은 가을하늘 아래 작고 동그란 운동장에서 창우와 다희가 이마를 마주 대고 놀고 있다. 운동장가에 있는 벚나무에 단풍이 곱게 물들고, 바람은 산들거린다. 벚나무 사이에 있는 키가 큰 미루나무 잎이 다 져서 까치집이 덩그렇게 높이 드러났다. 까치가 창우와 다희 가까이서 통통 뛰어 놀더니 푸른 하늘로 날아오르고, 다람쥐들이 재빠르게 아이들 옆을 지나간다. 창우와 다희는 다람쥐를 못 본 모양이다.

운동장 끝나는 곳에 펼쳐진 강물의 색깔은 볼 때마다 다르다. 지금은 녹색 비단을 잘 다려 펼쳐놓은 것 같다. 바람이 이는지 물빛이 찬란하게 반짝인다. 저렇게 작은 물빛들이 모여서 저렇게 크고 아름다운 강이 된다. 그 강물 위로 하얀 학들이 천천히 날아간다. 너무 천천히 날아가기 때문에 그 자리에 가만히 떠 있는 것처럼 보인다. 어느 날은 학들이 서른 마리도 더 넘게 떼를 지어 날아가는 것을 보고 아이들과 함께 고함을 지른 적도 있고, 어느 날은 학이 열 마리쯤 공중에서 너울너울 춤을 추는 것을 오래오래 바라본 적도 있다. 아무것도 걸릴 것이 없는 허공에서 하얀 학들이 그렇게 부드럽게 날며 춤을 추는 것을, 나는 처음 보았다. 참으로 아름답고 신비로운 춤이었다. 좋다. 나는 이렇게 가만히 앉아서, 산이며 물이며 나무와 새와 다람쥐를, 창우와 다희를 바라보는 것을 좋아한다.

창우와 다희를 우리 학교 아이들은 '가짜'라고 부른다. 창우와 다희는 우리 학교 정식 학생이 아니기 때문에 그렇게 가짜라고 불러도 아무 할 말이 없다. 창우는 2학년인 동수 형을 따라 학교에 오고, 다희는 4학년인 세희 언니를 따라 학교에 온다. 다희는 가끔 동생 주완이를 데리고 올 때도 있다. 다희를 보면 나는 가슴이 아프다. 다희네는 올봄에 서울에서 시골 고향으로 다시 돌아왔다. 귀농을 했다지만, 도시에서 살 수 없는 피치 못할 사정이 있었을 것이다. 뽀얗던 다희가 까맣게 타서 노는 모습을 보고 있노라면 다희네 가족의 어려움이 내 가슴까지 잔잔하게 밀려온다.

창우와 다희가 우리 학교에 가짜 학생으로 들어왔을 때, 우리 학교 아이들은 모두 열아홉 명이었다. 어느 날, 서울에서 갑자기 두

명이 전학을 와서 우리 학교 아이들은 몇 년 만에 창우와 다희를 합해 스무 명이 넘어 우리를 설레게 했다. 그러나 두 명은 어느 날 갑자기 다시 도시로 돌아가버렸다. 아무튼 창우와 다희는 1학년과 6학년이 함께 공부하는 6학년 교실에 임시로 헌 책상과 걸상으로 자리를 잡았다. 유치원도 없는 학교에 유치원생도 초등학생도 아닌 창우와 다희는 교실에 있고 싶으면 교실에 있고, 나가 놀고 싶으면 나가 놀았다. 둘은 어디를 가나 꼭 손을 잡고 다녔다. 늘 이마를 마주 대고 무슨 놀이를 하며 다정하게 놀았다. 형들이나 언니들이 야구를 하든, 축구를 하든, 둘은 전혀 상관없이 놀았다. 1학년 두나랑 같이 놀기도 하고, 언니들이 공부하는 이 교실 저 교실을 돌아다니며 놀기도 했다. 아침때 한나절을 잘 놀고 점심때가 되어 본교에서 밥이 오면 가장 먼저 줄을 서서 밥을 타 먹었다.

창우와 다희가 학교에 왔을 때는 그냥 밖에서 놀든 교실에서 놀든 선생님은 별 상관이 없었다. 그러나 이 둘이 이렇게 저렇게 글자를 깨우쳐가자 여간 귀찮은 게 아니었다. 선생님이 6학년 언니들이나 1학년 오빠들을 가르칠 때, 창우와 다희는 시도 때도 없이 선생님을 불러 자기들의 궁금증을 풀려고 하니, 수업이 제대로 될 리 없었다. 6학년 선생님이 어느 날 우리에게 자신의 고충을 털어놓으며, 맘이 아프지만 이 녀석들을 집으로 돌려보내야겠다는 것이었다. 그리고 며칠을 고민한 끝에 선생님은 편지를 써서 창우, 다희에게 들려 보냈다. 이러저러해서 아이들은 더이상 학교에서 돌볼 수가 없다는 간절한 내용의 편지였다. 그리고 며칠이 지났다. 우리는 모두 창우와 다희가 슬그머니 보고 싶었고, 창우와 다희가 손잡고 다니던 운동장이 쓸쓸해 보이기 시작했다. 창우와 다희가 손잡고 다니면 우리는 그 둘의 이름을 부르며 "얼레리꼴레리, 창우와 다희는 얼레리꼴레리" 놀리며 즐거워했는데, 창우와 다희가 없는 운동장은 쓸쓸하기만 했던 것이다.

그러던 어느 날, 창우가 학교에 볼일이 있는 엄마를 따라왔다. 우리는 정말 반가웠다. 아이들이 창문 밖으로 고개를 내밀고 창우를 불렀고, 나도 참으로 반가워 "창우야, 이리 와. 창우야, 나는 니가 보고 싶었는디, 너는 내가 보고 싶지 않디?" 그랬더니 창우가 나를 빤히 쳐다보며 통명스럽게 "나도 선생님이 보고 싶었어요" 하기에, 나는 창우를 와락 끌어안았다. 그러고는 학교 바로 뒤에 있는 다희 네 집으로 전화를 해서 다희를 불렀다. 다희는 금방 헐레벌떡 달려 왔다. 둘은 금세 옛날처럼 다정하게 손을 잡고 그날 하루를 학교에 서 지냈다. 언니, 오빠 들이 그 둘을 볼 때마다 "얼레리꼴레리" 하며 놀려댔지만, 창우와 다희는 눈 하나 깜박하지 않았다. 나는 그런 둘 의 모습을 보며 혼자 즐거웠다.

그후 선생님들은 모두 보고 싶어 도저히 안 되겠다며 창우와 다 희에게 수요일에만 학교에 나오도록 했다. 그러다가 토요일에도 나 오라고 했고, 나중에는 나오고 싶을 때는 언제든지 나오라고 했더 니, 요즘은 날마다 학교에 나와서 저렇게 논다.

나는 이따금 그 둘 사이에 쭈그려 앉아, "다희야, 창우가 그렇게 도 좋아?" 하고 물으면 다희는 너무도 당연하다는 듯이 "네" 한다. 창우에게도 그렇게 물어보면 창우는 나를 빤히 쳐다보며 "나도 다 희가 좋아요" 한다.

창우도 다희도 집에 가고, 아이들도 다 집에 갔다. 나 혼자 남아 강물로 내려가는 서늘한 산그늘을 보며 이 글을 쓴다.

"창우야 다희야, 내일도 학교에 꼭 와. 새와 나무와 다람쥐와 곰

게 물들어 떨어진 단풍잎이랑 까치랑 운동장에서 너희들을 기다리
니까, 꼭 와."

얼마 전까지만 해도 내가 출근하기 바쁘게 내 손을 잡고 뒷산을 오르던 창우와 다희가 며칠 전부터 내게 오지 않는다. 첫날은 이상하게 생각하며 '아, 요 녀석들이 아직 학교에 오지 않았나?' 하고 아이들이 공을 차는 운동장을 둘러보았더니, 아니 글쎄, 창우와 다희가 둘이서 한쪽 골문의 골키퍼를 하고 있지 않은가. 내가 가방을 두고 밖에 나와서 "창우야, 다희야, 뒷산에 가자" 하고 고함을 지르니 요 녀석들이 쳐다보지도 않고 입을 모아서 "안 가요" 한다. 시집간 지 얼마 안 된 딸이 친정에 놀러 와서 막 재미있게 이런저런 이야기를 하려고 하는데, "나 집에 가야겠다" 하며 발딱 일어설 때 저렇게 서운하리라. 그러나 또 한쪽으로는 미더운 데가 있어 흐뭇하기도

했다.

　창우와 다희가 처음 교실에 앉아 공부를 하며 손가락과 엉덩이가
아픈지 몸을 비틀며 괴로워하는 모습을 본 지가 엊그제 같은데, 요
즘 공부하는 양을 눈에 띄게 늘려도 제법 잘 참고 견디는 것을 보면
대견하다.

　수요일 아침은 청소하는 날이다. 매번 우리 반 6학년 아이 셋이
청소를 하는데, 오늘 아침에는 창우도 다희도 달려들어 언니, 오빠
들과 함께 이리저리 비질을 했다. 이제 청소까지 거드는 것이다. 아
이들은 이러저러하게 세상일에 끼어들면서 커가나보다. 글자를 깨
우치는 것도 참 신기하기만 하다. 다희는 제법 글을 똑떨어지게 읽
고 글씨도 많이 쓰는데, 창우는 글 읽는 것도, 글씨 쓰는 것도 떠듬
거리고, 늑장을 부린다. 처음 창우를 내 옆에 앉혀놓고 글자 읽히기
를 할 때만 해도, 창우 이 녀석은 받침이 있는 글자 몇 자를 읽고는
"이휴, 힘들어" 하며 인상을 쓰더니, 요즘은 약간 긴 문장도 제법 거
뜬히 읽어내고 글씨도 금방 쓴다. 그 아이들을 보면서 나는 날마다
재미있고 신기하기만 하다.

　창우와 다희가 학교에 온 지도 두 달이 되었다. 나는 늘 조심스럽
다. 이 아이들의 마음이 다치지나 않을까, 요즘 하고 있는 공부가
혹시라도 버겁지나 않을까, 내가 한 말이 아이들에게 괴로움이 되
지는 않을까. 그래도 우리 셋은 늘 화기애애하고 서로 좋아하고 즐

겁게 하루를 보낸다. 나에게서 한 발짝씩 떨어져나가는 아이들이 그립기도 하지만, 흐뭇하고 미덥다. 아이들은 내게서 점점 멀어지면서 내 생각을 딛고 세상을 든든히 살아가리라.

꽃은 피고 지고, 잎들은 하나하나 확실하게 피어난다. 햇살이 천지간에 참 좋은 봄날이다. 화사한 신록은 저렇게 알게 모르게 우리의 세상을 물들인다. 창우와 다희의 생각으로, 내 맘도 지금 새잎 피는 나무처럼 환해진다.

이 봄,
나도 꽃이다

우리 반 학생은 모두 다섯 명이다. 1학년인 창우와 다희, 그리고 6학년이 세 명이다. 창우와 다희가 나란히 앉아 무엇인가 하는 모습을 보면 나는 즐겁다. 나는 세상 그 무엇보다 창우와 다희의 몸짓이나 웃는 모습을 보면 행복하고 흐뭇하다. 나는 살면서 꽃보다 고운 것이 사람의 모습이라고 생각해왔다. 세상의 그 어떤 꽃이 저렇게 아름답고 예쁠까. 공부를 하다가 싫으면 창우와 다희는 내 무릎에 와서 앉고 내 몸에 제 몸을 기대고 치댄다. 늘 나가서 놀면 안 되냐고 사정하고, 둘이 손잡고 돌아다니며, 장난하고 떠들고 웃고 운다.

나는 날마다 학교에 오는 일이 즐겁고 행복하다. 지금 내가 학교에 가면 창우와 다희는 내가 가르친 대로 인사를 하겠지. 내게 인사를 하면 나는 맘껏 웃으며 창우를 안아주리라. "창우, 오늘 아침에 밥 많이 먹었냐?" 하고 물으면 창우는 개구쟁이 얼굴로 나를 보며 "예" 하겠지. 나는 이 봄날, 늘 그렇게 학교에 간다. 나는 다시 1학년이 되어 학교에 가는 것처럼 늘 새롭게 하루를 시작한다.

오늘은 6학년 세 명이 모두 감기가 들어 숙직실에 누워 있는 바람에, 창우와 다희만 나와 놀다가 공부하며 지내고 있다. 두 아이를 내 곁에 앉혀놓고 이야기도 하고 장난도 하고 놀리기도 한다. 창우와 다희는 다정한 단짝이어서 우리 학교 선생님들이나 학생들 모두 장래를 약속한 짝으로 여기는데, 이 생각에 아무도 이의를 달지 않는다. 이 커다란 우주 속에서 저 두 아이는 작고 힘이 없다. 그러나 저 두 아이는 지금 내겐 세상의 전부다. 저 두 아이의 노는 모습이 내겐 그 어느 것보다 아름답다.

곧 운동장가에 벚꽃이 피리라. 꽃이 피면 창우랑 나랑 다희랑 환한 꽃송이들을 올려다보며 손잡고 걷고 뛰며 놀 것이다. 꽃 피는 봄날에 사람의 모습을 자세히 바라보자. 당신이 꽃일 때 사람들 모두 꽃이다. 사람들이 꽃구경을 가는 것은 자기도 꽃같이 피고 싶어서일 것이다.

내가 꽃이 되는 일은 사람을 꽃으로 보는 일이다.

이 봄, 나도 꽃이다.

창우와
빼빼로

　창우가 학교에 온 지도 한 달이 넘었다. 그동안 창우와 나는 아무런 마찰 없이 잘 지내고 있다. 마찰은커녕 내 반이 되어 나는 날마다 창우로 인하여 행복이 배로 불어났다. 창우에게는 아무것도 아닌 일이 나에게는 굉장히 우습고 신나고 신기하다. 세상을 살다보니, 두 명의 학생이 나를 이렇게 행복하게 해주는 일도 있다. 날마다 아내에게 창우의 일을 이야기하는 게 일과 중 하나다. 우린 창우 이야기로 저녁 한때를 같이 행복해한다. 어제 우리는 며칠 있다가 창우와 다희를 우리 집에 데려와 하룻밤 재우자고 했다. 아내가 도저히 보고 싶어서 못 참겠단다.

　오늘은 창우가 아침부터 자꾸 나에게 빼빼로를 먹자고 했다. 나는 자꾸 빼빼로가 뭐냐고 물었다. 내가 하도 몰라라 하니까 창우가 교탁 밑에서 빼빼로를 가지고 나온다. 아, 나는 그제야 며칠 전에 손님이 그 과자를 가져온 것이 생각났다. 나는 다른 반 모르게 우리끼리 먹자며 두 갑을 따서 6학년 세 명과 창우와 다희에게 나누어주었다. 그러고는 잊고 지냈는데, 요 녀석이 2교시가 끝나니까 또 달랜다. 그래서 에라 모르겠다, 이젠 한 갑씩 나누어주었더니 다 먹고는 "선생님, 인자 두 갑 남았어요" 하며 집으로 간다. 내일 학교에 오면 나는 또 그 과자를 잊을 것이고, 창우는 "선생님 빼빼로 줘요" 하며 내 무릎을 건드릴 것이다. 그 티 없이 깨끗한 눈으로 나를 올려다보며.

나는 요즘 날마다 집에 가서 아내에게 학교에서 창우와 다희에게
일어난 모든 일을 시시콜콜 이야기한다. 아내는 내 모든 이야기들
을 온 얼굴에 웃음을 가득 실은 채, 식탁을 치우면서 웃거나 심각해
지서나 눈물을 글썽이며 듣는다. 어쩌다 내가 다희와 창우 이야기
를 잊어버리는 날이면, 이야기를 해달라고 조르기도 한다. 이 글을
쓰는 지금, 창우는 내 무릎에 기대서서 이것저것 물으며 놀고 있다.
제 이야기를 쓰는지도 모르고, 다희는 저 혼자 공부한다.

창우와 다희가 처음 학교에 온 날, 그들의 최대 관심과 걱정은 내
일도 학교에 오고 모레도 학교에 올 뿐 아니라 날마다 학교에 와야
한다는 것이었다. 창우와 다희는 틈만 있으면 늘 내게 그걸 물었다.

“근데, 선생님. 우리 내일도 학교 와야 돼요?” “그럼” 그러면 창우
와 다희는 “거봐, 내일도 오래” 그러면서 서로 얼굴을 바라보았다.
상당히 심란한 표정일 때도 있었다.

　학교에 온 지 며칠이 지나서 나는 창우와 다희에게 장래희망을
물었다. 먼저 창우에게 물으니, 서슴없이 경찰이라고 했다. 내가 왜
냐고 물었더니, 당당하게 “나쁜 놈들 다 잡게”란다. “다희는?” 그랬
더니, 웬걸 “여자 경찰이요” 하질 않는가. 바로 옆에서 공부하고 있
던 6학년 언니들이 그 말을 들었는지 눈이 똥그래져서 모두 나를 바
라보았다. 그러면서 6학년 초이가 말했다. “잘됐다. 둘이 벌면 돈도

금방 많이 벌고."

어느새 다희와 창우는 우리 사이에서 진즉부터 장래를 약속한 단짝이 된 것이다. 짝이 되고 안 되고 할 것도 없이, 1학년은 그 둘뿐이 아닌가. 나는 다희에게 먼저 물었다. "다희야, 정말 창우가 좋아?" "아니요" 하면서도 다희는 얼굴이 빨개졌다. 창우 역시 내가 그렇게 물을 때마다 아니라고 했다. 그러던 어느 날 나는 창우와 단둘이 있게 되었다. 나는 창우에게 사나이 대 사나이로서 우리 솔직하게 한번 말해보자고 했다. 한참을 설득하니 창우는 심각한 표정을 지으며 나를 올려다보더니, "어디 가서 절대 말하지 마요"라고 하더니 이랬다. "진짜로는요, 다희가 좋아요." 나는 혼자 배를 움켜쥐고 웃었다. 그렇게 웃는 나를 창우는 물끄러미 바라보았다.

그렇게 며칠이 지난 어느 날, 다희는 점심을 먹더니 바로 집에 가야 한다며 가방을 어깨에 메고 교실을 나섰다. 왜 가느냐니까 집에 가서 주완이를 보아야 한다는 것이다. 할머니는 아파서 서울 가시고, 엄마 아빠는 전주에 일 가시고, 할아버지와 주완이가 집에 있는데, 다희가 집에 가야 할아버지가 밭에 일을 가신다는 것이다. "집에 가면요, 할아버지랑 주완이가 자고 있거든요. 그러다 내가 가면 할아버지가 일어나셔서 밭에 가시고요, 내가 주완이를 봐요." 오, 예쁜 우리 다희.

창우와 나는 다희를 바래다주려고 셋이서 학교 뒷동산 너머에 있는 다희네 집엘 가기로 했다. 학교 뒷산은 솔숲이다. 그 솔숲으로 난 작은 굽잇길을 우린 걸었다. 내가 뒤에서 다희 혼자 가는 사진을 찍어주었다. 멀지 않은 길이어서 우린 다희네 마을이 보이는 곳에서 손을 흔들고 헤어졌고, 나와 창우는 손을 잡고 걸으면서 무슨 이야긴가를 열심히 하며 학교로 돌아왔다.

자꾸 혼자 봄길을 가는 다희의 작은 몸, 그리고 다희의 마음이 어른거렸다. 그 작은 마을 길에 봄이 오고 있었다. 곧 진달래가 피어나리라. 그러면 나와 창우는 아무도 몰래 학교를 나와 그 길에 설 것이다. 진달래를 한 아름씩 꺾어 들고. 그러면 학교 운동장 끝에 걸린 강물에 진달래 빛이 환하리라.

내 봄은 그렇게 늘 꽃과 같은 아이들이 가져온다.

창우 열받다

5월이다.

산은 맘껏 푸르러졌다. 더이상 푸르러질 게 없는 산은 이제 지루한 녹색으로 가을을 맞을 것이다. 운동장엔 햇살이 하얗게 떨어져 있다.

유리창에 턱을 괴고 앉아 운동장을 바라보고 있는데, 다희와 창우가 우리 교실 쪽으로 뛰어온다. 6학년 아이들도 우르르 같이 달려오더니, "선생님, 다희 머리에 피 나요" 하며 겁먹은 눈으로 나를 쳐다본다. 나는 얼른 달려가 피가 난다는 다희의 머리를 살펴보았다. 머리털 사이에 피가 조금 배어나오고 있었다. 피가 나온다고 언니들은 겁먹은 얼굴인데, 다희는 두 눈을 말똥거리며 아무렇지 않은 표정이다. 내가 누가 그랬느냐고 하니까, 창우가 두 손을 허리에 찌른 채 서서 씩씩거리며 "두나 누나가 그랬당게요. 아유, 열받아. 나 열받았당게요" 한다. 2학년 두나를 가만두지 않겠다며 저 혼자 정말 잔뜩 열받은 얼굴로 어찌할 줄 모르고 있어서, 우리는 그냥 어리둥절한 채 서로 얼굴을 쳐다보며 웃기만 했다. 점심시간에 급식실에 가서도 창우는 열이 식지 않았는지 씩씩거리며, 3학년 선생님에게 "두나 누나 땜에 열받았다"는 말을 하고 있었다.

창우는 남자랍시고 다희에 대한 감정을 잘 드러내지 않다가도 다희가 어려움을 당하면 눈치코치 보지 않고 다희를 감싸고돈다. 속이 훤히 들여다보이게 다희를 감싸고돌아도 다희는 자연스럽게 다 받아들인다. 창우가 열받으면 다희는 행복한가보다. 이 둘의 행복한 학교생활을 바라보고 있으면 예수님이 왜 아이들을 감싸고돌았는지 알 것만 같다. 누가 보아도 좋을 우리 다희와 창우. 둘이 노는 모습을 보고 있노라면, 사람이 무엇으로 행복할 수 있는가를 생각하게 한다. 저만큼에서 지금 무슨 일이 있는지 창우와 다희가 얼굴을 맞대고 즐거워 못 견디겠다는 행복한 표정을 하고 있다.

어느 누가, 세상의 무슨 일이 우리 창우를 열받게 하는가.

오늘은 다희와 창우가 우리 집에 가는 날이다. 나는 조금 일찍 학교를 나섰다. 창우와 다희를 내 차에 태우고 우리는 복숭아꽃, 살구꽃, 산벚꽃이 여기저기 피어나는 전주 가는 길을 달린다. 차 안에서 우리는 노래를 부른다. 창우와 다희는 "나는 나는 자라서 나라 사랑 가르치는 선생님이 될 테야" 하며 힘차게 부른다. 우리는 또 〈열린음악회〉에 나가서 부른 〈찔레꽃〉을 불렀다. 꽃이 핀 봄길은 재미있고 신나는 길이다. 드디어 전주 우리 아파트에 도착했다. 창우는 우리 집이 몇 층이냐고 자꾸 묻는다. 또 엘리베이터를 타느냐고도 묻는다.

집에 도착하자마자 나는 아이들 옷과 양말을 다 벗기고 발과 손을 씻겨 내복만 입혀놓았다. 아이들은 금방 자기 집에 온 것처럼 이 방 저 방 다니며 뛰논다. 내 방의 책을 보더니 다희가 창우더러 "야, '시' 책이다" 한다. 아내가 그 말을 듣더니 웃는다. 여러 가지 먹을 것을 주고 밥을 먹고 나서, 아내와 함께 창우 감기약을 사서 집으로 들어서니, 아니 이게 웬일인가. 창우와 다희가 집에 간다고 문 앞에서 신을 신고 있었다. 창우는 모자를 쓰고 내복만 입은 채 가방을 메고 있었고, 다희도 내복만 입은 채 가방을 메고 있었다. 우리가 깜짝 놀라 "아니, 웬일이여" 그랬더니 "언니가요, 보라돌이 안 줘요" 한다. 민해가 아이들 뒤에서 비그시 웃고 서 있다. 장난임에 틀림없었다. 아내와 나는 우리가 사온 보라돌이와 나나 인형을 아이들 앞에 불쑥 내놓았다. 아이들은 환호성을 질렀다. 우리 역시 무척 놀랐다. 어쩌면 아이들의 맘과 우리의 맘이 그렇게 딱 맞아떨어졌는지, 그 일은 두고두고 신기한 일로 남았다.

밤이 깊어져 자리를 깔고 창우, 다희, 그리고 우리 딸 민해 순서로 재웠다. 창우 녀석이 한사코 다희 옆에 잔다고 우기는 바람에 우리 모두 웃었다. 잘 자는 우리 창우와 다희. 아내와 나는 자는 아이들의 얼굴을 오래도록 바라보았다.

참
행복한 날

여름방학이 끝나고 처음 등교한 날, 나는 아이들과 방학 동안 자기가 한 일에 대해서 이야기를 나눴다. 6학년 귀봉이는 금산에 갔던 이야기를 하고, 초이는 늦잠을 자고 물놀이한 것에 대해 이야기를 하고, 소희는 친척들이 와서 같이 놀았던 이야기를 했다. 이제 1학년인 다희와 창우가 이야기할 차례다.

"다희야, 다희는 방학 동안 뭐 하고 놀았어?"

"저는요, 매미 잡고, 방아깨비 잡고, 여치 잡고, 사마귀 잡고 놀았어요."

"야, 다희는 참 많은 곤충 이름을 금방 다 말하네."

아이들은 놀랐다.

"그러면 이제 창우 차례네. 창우야, 창우는 방학 때 뭐 하고 놀았어? 뭐가 제일 재미있었어?"

"응, 저는요, 방학 동안에 닭 밥 주고, 그리고 쥐도 보고요, 똥벌레도 보고, 응, 그다음 뭐 했더라. 응, 베스 낚시 하고요. 개 돌봐주고, 개가 새끼 세 마리 낳았거든요. 그리고 토끼 두 마리 풀 뜯어다 주었어요."

창우 이야기를 들으며 나는 창우가 닭 모이 주고, 토끼 밥을 주는 모습을 떠올리고 있었다. 한 가지, 한 가지 똑똑하게 이야기하는 창우 입을 쳐다보는 아이들 얼굴이 반짝반짝 빛났다. 세상에 저렇게 예쁜 모습이 또 어디에 있을까. 나는 턱을 괴고 앉아 창우와 아이들의 얼굴을 번갈아 바라보았다. 나는 참 행복했다. 창우가 이야기를 다 끝내자, 아이들은 모두 입을 모아 "우와!"를 연발했다. 창우가 오랜만에 아주 길게 자기가 한 일을 발표(?)한 것이다. 나도 장난기가 다닥다닥 붙은 창우 얼굴을 다시 들여다보았다.

다희와 창우가 방학 동안에 겪은 일들은 오래오래 가슴속에 남아, 두 아이의 인생에 여러 가지 영향을 끼칠 것이다. 창우와 다희가 잡고, 만지고, 돌보아준 것들은 모두 목숨이 있는 것들이니까.

제3부

슬픔 없이 어찌 좋은 사람이 되겠니

마암분교는 섬진강 댐가에 있다. 크고 작은 벚나무와 미루나무, 노간주나무가 울타리처럼 학교를 둘러싸고 있고, 학교 뒤에는 아이들 아름만한 소나무가 아름답고 청정한 숲을 이루고 있다. 천 그루도 넘는 이 소나무숲 아래엔 어린 참나무, 때죽나무, 오리나무가 있고, 잎보다 꽃이 먼저 피는 진달래의 잎이 곱게 피었고, 잎이 피고 나중에 꽃이 피는 층층나무가 지금 하얗게 층층이 꽃을 피우고 있다. 황토빛 작은 운동장가엔 얼마 전 다람쥐가 여섯 마리의 새끼를 낳아 길렀다. 처마 밑 흙으로 지어진 산제비집에 산제비는 오지 않고 참새와 딱새가 집 싸움을 하다가 한 집은 딱새가, 또 한 집은 참새가 차지하고 새끼들을 기르고 있다. 어느 날인가 운동장에 날지

못하는 새끼 딱새가 뛰어다녀 우리를 긴장시키기도 했다. 봄에 피는 꽃들이 다 피어나고, 풀잎들은 다 돋아나고, 나무란 나무에 잎은 다 피어 바람결에 자기의 생각을 펼치는 5월, 우거진 솔숲과 미루나무 푸른 잎 속을 날아다니며 꾀꼴새는 운다. 풍금 소리 새어나오는 운동장엔 은미와 동수와 인수가 백구와 함께 뛰어논다.

은미와 동수와 인수는 1학년인데, 은미와 동수는 짝을 지어 둘이만 논다. 인수는 늘 저만큼 떨어져 호주머니에 손을 찌르고 쓸쓸히 서 있곤 했는데, 학교 아저씨가 데려온 백구라는 이름의 강아지와 뛰어놀았다. 백구가 아이들과 친하게 지내자 은미와 동수도 인수랑 친해졌다. 이제 운동장엔 백구, 인수, 동수, 은미가 어울려 뛰어논다. 공부시간이 되면 백구는 심심해서 동수 교실로 들어가고, 우리 교실도 살며시 들어와보곤 한다. 그것도 심심하면 뒤란 도랑에 사는 맹꽁이와 논다.

어느 날이었다. 쉬는 시간이 끝나고 교실에 들어가는데 은미가 훌쩍훌쩍 울었다. "아니, 어느 놈이 우리 이쁜 은미를 울렸냐" 했더니 은미는 "잉잉, 엄마 아빠가 보고 싶어, 잉잉" 하며 울었다. 은미는 엄마 아빠와 헤어져 외할머니 댁에서 산다. 은미는 학교 뒤란 솔숲 너머 작은 마을 여우치에 산다.

여우치에는 우리 반 창희도 산다. 오늘 아침 우리 반 5학년 세 명과 어제 옮겨 심은 해바라기에 웃거름을 주는데, 창희란 놈이 시무

룩해서 "창희야, 왜 그냐" 했더니 창희의 눈가가 붉어졌다. 산토끼 새끼가 어제 죽어 세 시간 동안 울었다며 창희는 또 울먹였다. 15일 전쯤 밭가에서 가져온 산토끼 새끼는 우리의 지대한 관심과 창희의 지극한 정성에도 불구하고 죽은 것이다. 어느 날은 칡즙을 잘 먹노라고 했고, 어느 날은 자기 우유를 잘 먹는다고 좋아해서 내 우유도 주면 좋아하던 창희의 그날 일기의 끝은 "선생님 말씀을 들을걸"이었다. 산토끼를 가져왔다고 하기에 도로 산에 가져다놓으라고 강력하게 내가 권해도 창희는 자기가 키울 수 있다고 자신감을 보였던 것이다.

마암분교에는 열다섯 명의 아이들과 다섯 명의 어른들과 백구와 학교 주위에 사는 수많은 나무와 풀잎과 새, 그리고 다람쥐와 하늘다람쥐들이 산다. 나는 산토끼와 만나고 헤어진 창희의 슬픔이, 부모님을 보고 싶은 마음을 주체하지 못해 우리를 쩔쩔매게 했던 은미의 반짝이는 눈물이, 이다음 세상의 어두운 구석을 환하게 밝힐 것을 믿으며 학교 종이 땡땡 치는 마암분교 유리창에 턱을 괴고 앉아, 동수와 인수, 은미와 백구가 뛰어노는 햇빛 좋은 운동장을 바라보고 있다.

은미야, 슬픔 없이 어찌 좋은 사람이 되겠니.

은미, 인수, 선옥이의 학교 가는 길

오늘도 나는 출근하자마자 학교 뒷산에 갔다. 바람이 거세게 분 아침이면, 푸른 솔잎들이 떨어져 있기도 하고 죽은 삭정이 가지들이 흩어져 있기도 한다. 솔잎이 차곡차곡 곱게도 내려 쌓인 길을 나는 뛰기도 하고 걷기도 한다. 올봄엔 제비꽃들이 무덤가에 어찌나 많이 피었던지 쪼그려 앉아, "거참, 이쁘기도 하다. 어쩌면 이렇게 꽃들이 이쁠꼬" 혼잣말을 하기도 하고, 새잎이 피는 소나무 아래 작은 나무들의 새잎들을 보며 황홀해하기도 했다.

내가 그렇게 솔숲에 온 새봄에 빠져 있을 때쯤에 학교 뒤 여우치 마을에 사는 우리 반 아이들 은미, 인수, 인수 동생 선옥이 이렇게 세 명이 작은 고개를 넘어 등교를 한다. 아이들이 진달래꽃 저쪽에

나타났을 때 나는 숨어서 그 아이들을 보고 있었다. 열심히 조잘거리며 고갯길을 넘어오는 아이들의 모습은 한 폭의 그림이었다. 내가 저희들을 소나무 뒤에서 숨어 보고 있는 줄도 모르고 아이들은 내 곁을 지나간다. 그때쯤 내가 불쑥 나타나 "네 이놈들!" 하며 고함을 지르면 아이들은 활짝 웃으며 "깜짝 놀랐네, 그냥" 하며 학교를 간다.

어느 날은 은미가 길로 오지 않고 산길로 오기에 어디 갔다 오느냐니까 아침에 할머니 산소에 들렀다가 온다고 했다. 할머니가 보고 싶을 땐 집에 갈 때나 학교 올 때 들러 온단다. 할머니께 가서 자기를 때리는 오빠들도 이르고 보고 싶다고 울기도 한단다. "그러면 할머니께서 뭐라 하시대?" 하고 물으면 늘 아무 말도 안 하신다고 한다. 아무 말도 하지 않는 할머니지만 보고 싶을 때는 꼭 들러 속상한 일들을 고해 바치는 은미는 지금 할아버지와 단둘이 산다.

전학 왔다가 하루 만에 간 아이

어느 날 이 작은 학교가 떠들썩했다. 전교생이 열여덟 명인 학교에 느닷없이 학생 두 명이 전학을 온 것이다. 학년 초에 네 명이 전학 와서 우리를 놀라게 하더니, 또 한번 우리를 놀라게 한 것이다.

학교에 출근하니 숙직실에 낯선 할머니와 아주머니가 두 아이들을 데리고 와 있었다. 아이들은 이 낯선 곳이 막막하다는 듯 자꾸 푸르러지는 학교 뒷산과 학교 앞 호수를 바라보고 있었다. 그 낯설어하는 모습과 불안한 눈빛을 나는 평생 잊을 수 없을 것이다. 나는 아이들을 교실로 데리고 와서 있는 힘을 다해 그들의 두려움을 꺼보려 했지만 좀처럼 불안한 모습은 지워지지 않았다.

그날 오후 퇴근을 하는데 길가에 두 모자가 서 있었다. 그들을 태우고 전주까지 가는 동안 나는 여러 가지를 물어보았다. 남편이 미장이인데, 옛날에는 하루에 10만 원씩 받다가 요즈음은 일을 해도 돈을 받지 못한다는 이야기며, 서울역에 가면 거지들이 무척 많다는 이야기들을 들었다. 아이들을 할머니께 맡기려고 한다며 전주로 학용품을 사러 간다고 했다. 아이는 아무 말이 없었다. 그리고 그 이튿날 학교에 왔더니, 그 아이들이 도로 서울로 가버렸다는 것이다. 우리는 망연자실 할 말을 잃어버리고 말았다.

그 아이들이 겪은 하루도 못 되는 세상의 변화는 어떤 것이었을까. 내가 숙직실에서 아이들을 데리고 교실로 갈 때 그 아이들이 산천을 둘러보며 짓던 그 불안한 눈빛이 떠오른다. 그 아이가 서울로 도로 갔다고 해서 그 불안한 눈빛이 꺼지지 않을 것임을 나는 안다.

세희의 만둣국

학교 아이들과 점심밥을 실어 나르는 봉고 버스가 학교 비탈길을 올라오는 소리가 힘겹게 들린다. 공책에 코를 박고 글씨를 열심히 쓰던 은미가 소리쳤다. "야, 밥차 온다. 선생님, 밥차 와요." 아이들은 밥 먹으러 가자는 내 말이 떨어지기도 전에 얼른 일어나 우르르 식당으로 뛰어간다. 식당에는 벌써 1학년 아이 둘이 김이 무럭무럭 나는 밥통 앞에 식판을 들고 서 있다. 오늘 반찬은 뭘까 궁금해하며 나도 얼른 식판을 들고 밥을 탄다.

식탁에는 벌건 김치들이 그릇에 가득가득 담겨 있다. 보기만 해도 먹음직스럽다. 오늘 김치는 귀봉이네 집에서 가져온 배추김치와 총각김치, 그리고 고들빼기김치, 세희네 집에서 가져온 배추김치와 두나네 집에서 가져온 배추김치 등 배추김치가 여러 집 것이어서 어떤 집 김치를 먹어야 할지 모르겠다. 배추 머리만 잘라, 고개를 쳐들고 크게 입을 벌려 긴 김치 가닥을 통째로 먹어도 짜지 않고 맛있다. 우리는 밥은 안 먹고 김치만 먹어도 되겠다며 배가 터지게 밥을 먹었다.

내가 밥을 다 먹기도 전에 창희와 진하, 소희, 초이, 귀봉이가 개수대에서 그릇들을 씻고, 세희는 식판을 엎어둔 곳을 솜씨 좋게 행주로 훔치고 있다. 4학년인 세희가 일하는 솜씨를 보며 나는 "세희는 참 야무지게도 일을 하는구나" 하기도 하고, 작은 아이가 어쩌면 그렇게 야무지게 행주질을 하는지 볼 때마다 속으로 '고놈 참, 고놈 참'을 연발한다. 밥을 다 먹은 열여섯 명의 아이들은 자기가 맡은 일을 하느라, 식당의 구석구석을 닦고 쓰느라 정신이 없다. 자기 일을 다 마친 아이들은 이를 닦고 운동장에 나가 놀기도 하고 윷놀이를 하기도 한다. 점심시간이 끝난 것이다.

우리 학교는 학생 수가 적기 때문에 학교에서 밥을 하지 않고 날마다 본교에서 밥을 실어온다. 작년부터 급식을 시작했는데, 아이들이 어찌나 밥을 잘 먹는지 한 학기가 끝나면 요것들이 그냥 살이 오동통하게 오른다. 여럿이 먹으니까 많이 먹는다. 도시락을 싸오거나 집에 가서 점심을 먹을 때는 부모님들이 바쁘니까 적당히 먹을 텐데, 급식을 해서 부모나 아이들이나 여간 다행스러운 게 아니다.

그런데 학교 급식을 먹는 것은 좋은데 설거지가 늘 문제였다. 처음엔 부모님들을 돌아가면서 나오시라고 해서 여선생님과 같이 설거지를 했는데, 나이 드신 할머니와 같이 사는 아이들도 있고, 어머니들이 늘 일이 바빠 빠지는 날이 많이 생기자, 아이들은 전교 어린이회의를 통해 자기들이 설거지를 하겠다고 나섰다. 어린아이들이지만 집에서 늘 하던 일이어서 그런지 설거지하는 솜씨와 속도가 금방 늘었고, 요즘은 여선생님의 몇 마디 말에도 일들을 금세 해치운다. 설거지가 다 끝나면 우리 반 소희와 소희 오빠 창희는 우리가 먹다 남은 찌꺼기를 잘 보관했다가 집으로 가지고 가서 소죽 끓이는 물로 사용하기도 하고 개밥을 주기도 한다.

국 대신 만둣국이 나온 어느 날이었다. 아이들이 오랜만에 나온 만둣국을 열심히 먹고 있는데, 세희가 밥을 먹고 있는 여선생님한테 가서 수줍은 듯 선생님을 부르더니 "저희 할아버지 갖다 드리게 만둣국 남은 것 좀 주시면 안 돼요?" 하는 게 아닌가. 우리는 처음엔 무슨 말인가 하다가 그 말의 뜻을 알고는 놀라는 한편 가슴이 먹먹해지면서 눈시울이 뜨거워졌다. 기특했다.

그러나 정작 세희는 아무렇지도 않은 듯 맑은 눈을 말똥거리며 말을 잇는다. "우리 할아버지가요, 만둣국을 무지 좋아하시거든요." 세희네는 올해 귀향해서 시골에 계시던 할머니, 할아버지랑 살

고 있다. 추운 날 만둣국을 들고 집으로 종종걸음을 치던 세희 모습
을 생각하면 지금도 코끝이 찡해온다.

인수

인수네 집은 가난해 보인다. 봄에 아름드리 살구나무에 꽃이 피는 인수네 집은 동네에서 떨어진 외딴곳에 있고, 한쪽으로 약간 기울어져 있다. 살구꽃이 필 때 나는 인수네 집에 가보았다. 가난한 인수네 마당에는 새 풀들이 돋아나고, 처마 밑에는 제비집이 있고, 뒤꼍에는 염소도 있었다. 인수는 봄이 되자 제비집에 대해서, 자기 집 마당에 있는 고추며, 옥수수며, 가지 같은 곡식에 대해서 일기를 썼다. 봄과 여름과 가을에 대해서 해와 달에 대해서, 나뭇잎이 피고 물들고 지는 것에 대해서 인수는 많은 관심을 가지고 동시와 일기를 썼다.

어느 날 인수가 운동장에 나가지 않고 수학 공부를 한다며 공책에 문제를 풀어 나한테 가지고 왔는데, 순 엉터리였다. 나는 문제를 자세히 설명해주었고, 문제를 다시 풀고 난 인수는 아이들이 뛰노는 밖을 내다보고 있었다. 나는 책을 읽다가 아무 생각 없이 인수에게 물었다. "인수는 꿈이 뭐야?" 그랬더니 대뜸 "형사요" 한다.

"왜?"

"도둑놈, 강도, 나쁜 놈들 다 잡게요. 근데 선생님 꿈은 뭐예요?"

"으응, 나는 지금 선생이잖아."

"아, 그러면 선생님 꿈은 다 이루어졌네요."

그러더니, 인수가 한참 있다가 "아하, 나도 크면 꿈이 이루어지겠구나" 하지 뭔가.

인수는 이따금 아이들과 같이 놀지 않고 유리창에 이마를 대고 밖을 내다보거나, 혼자 책을 보기도 한다. 내가 "인수야, 나가서 아이들과 놀아야지" 하면, 그제야 "예" 하고 나간다. 1학년 막 들어왔을 때는 책도 못 읽고 글씨도 못 써 같은 학년인 동수와 은미로부터 따돌림을 받기도 했는데, 2학년이 되어서는 글도 잘 읽고 글쓰기도 잘하고 수학, 국어도 다 잘한다. 수학은 하나를 가르쳐주면 열을 알기도 해서 때때로 나를 놀라게 한다. 차근차근 내 질문에 대답하는 인수의 해맑은 얼굴과 골똘한 눈을 바라보고 있으면 나는 절로 입이 헤벌어진다. 누군가 내 그런 모습을 보았다면 내 얼굴은 꽃같이 환했으리라. 내가 집에 가서 아이들과 놀았던 일을 아내에게 이야기하면 아내의 얼굴은 늘 꽃보다 더 환하게 피어났으니까. 울기 잘

하는, 내가 평생 사랑할 내 아내는 이따금 아이들 이야기를 들으며 눈시울을 적신다. 아, 이 세상에 아이들이 없다면 세상은 얼마나 삭막할까.

인수네 할머니는 작년 가을에 돌아가셨다. 공부시간에 '우리 집 소식'이라는 자기 집 신문을 만들어보라고 했는데, 인수는 한쪽 구석에 이렇게 자기 집 소식을 썼다.

우리 할머니가 돌아가셨다. 내 마음은 슬프다.

나는 슬펐다. 인수의 슬픔이 고스란히 내 마음에 와 닿았다. 나는 인수를 불렀다. "인수야, 일로 와." 나는 인수를 꼭 안아주었다. 인수는 그 뒤에도 여러 번 할머니에 대한 일기를 썼다. 작년 12월 15일 화요일 '할머니 생각'이란 제목의 일기에서 인수는 이렇게 썼다.

나는 오늘 은미네 집에 갔다. 그리고 은미네 집 뒤에서 은미와 내가 할머니 얘기를 해서 할머니가 보고 싶어졌다. 그리고 눈물이 나왔고 은미도 눈물이 나왔다. 그리고 나는 하늘을 보며 울었다. 그리고 외(왜) 하늘을 보며 울었냐면, 나는 할머니께서 하늘나라에 있으신다고 밋(믿)고 있기 때문이다. 그리고 날씨가 추워지고 집으로 갔다.

은미네 할머니는 봄에 돌아가셨다. 할머니, 할아버지와 함께 살던 은미는 할머니가 돌아가시자 무척 슬퍼해서 봄 내내 내 속을 많이도 아프게 했다.

책을 잘 못 읽는 1학년 동생 선옥이를 볼 때마다 전전긍긍하는 인수의 모습을 나는 여러 번 보았다. 동생에 대한 염려와 안타까움이 내 손에 묻어나는 것 같은 모습을 먼 데서 보며 나는 콧등이 시큰할 때가 많았다. 할머니에 대한 그리움은 인수네 집안을 잘 말해주는 것 같다. 인수가 집에서 의지했던 분은 아마 할머니였을 것이다. 얼마나 집안을 염려했으면 할머니 생각으로 그다지도 눈물을 보이겠는가. 그러나 인수는 꿈이 있다. 인수는 '우리 집 소식' 귀퉁이에 이런 동시를 써서 나를 기쁘게 해주었다.

하늘

넓고 파란 하늘
그곳에는
무엇이 있을까.
구름들은 여러 가지
모양을 만드네.

사랑

우리 반 6학년 귀봉이는 날마다 섬진강 댐 호수에서 낚시를 한다. 날마다 일기장에는 고기 낚는 이야기가 빠지지 않는다. 그러나 꼭 고기를 낚기 위해서 낚시를 하는 것 같지는 않고, 그냥 집에서 혼자 놀기가 심심해서 낚시를 하는 것 같다. 고기를 낚아서 먹었다는 이야기는 별로 없고 대부분 작은 고기를 낚아서 도로 살려주었다는 이야기가 많다. 호숫가에 한 집뿐이니, 유일한 놀이가 낚시이고 유일한 친구가 물고기라고 귀봉이는 생각한다.

어느 날 나는 공부가 끝나고 귀봉이네 집에 갔다. 귀봉이하고 낚시를 하기 위해서다. 귀봉이는 내 낚싯대와 자기 낚싯대를 준비해두고 지렁이를 잡았다. 나는 지렁이를 잡는 귀봉이 옆에 있었다. 옛날 나도 저렇게 학교 갔다 와서 시간만 나면 두엄자리로 달려들어 지렁이를 잡아 낚싯대를 들고 정신없이 강으로 달려갔었다. 강에 낚시를 드리우기까지 거의 숨이 막힐 지경으로 정신없이 낚시와 낚싯밥을 준비했다.

우리 둘은 지렁이를 꿰어 낚시를 강물에 드리우고 강가에 나란히 앉았다. 조금 있으니까 귀봉이가 먼저 고기를 낚아 올렸다. 외국 고기인 블루길 새끼였다. 조금 있다가 나는 피라미 새끼를 한 마리 낚았다. 너무 작아서 "에게게!" 하며 도로 살려주었다. 날씨가 무척 뜨거웠다. 고기는 좀처럼 물지 않았다. 고기가 물지 않자 귀봉이는 나에게 미안해하고 초조해했다. 한 시간쯤 고기를 낚아도 신통치 않고 귀봉이만 자꾸 미안해해서 나는 "귀봉아, 나 간다잉" 하고 학교로 돌아왔다. 그 넓은 섬진강 호숫가에 귀봉이를 혼자 두고 오자니, 자꾸 뒤가 돌아다봐졌다. 얼마만큼 와서 차를 세우고 차 안에서 나와 귀봉이를 보았다. 귀봉이는 땅에다 코를 박고 있었다. 낚싯밥을 꿰는 모양이다. 강물이 뜨거운 햇살에 반짝였다.

혼자여서, 집에 가면 같이 놀 친구가 없이 늘 혼자여서 외롭고 쓸쓸한 귀봉이의 친구는 강물이며, 강물 속의 물고기이며, 집에서 기르는 강아지이며, 밤이면 별과 달과 우는 새들이다. 푸른 물가에서 외로운 귀봉이는 늘 사람이 그립다. 사람이 그리운 마음이 쌓여 세상을 귀하게 생각하고 소중하게 생각하리라. 어느 날 귀봉이는 이런 일기를 써왔다.

우리 개가 많이 아프다. 우리 엄마 아빠는 "죽어라, 죽어. 밥 안 먹으려면 죽어라, 죽어" 하지만 나는 그렇지 않다. "너 많이 아프냐. 밥 많이 먹어라. 빨리 나아라" 한다. 그런 말과 마음이 모여 사랑이라는 단어가 생긴다. 사랑이 좋아서 결혼을 하면 그것이 사랑이다. 그 둘은 사랑한다. 왜 사랑하냐면, 서로 믿고 서로 좋아하니까. 선생님들은 제자를 아끼므로 사랑이 생긴다. 사랑이 없으면 사람은 살 수 없을 것이다.

귀봉아, 그렇단다. 사랑이 없이 세상을 어찌 살겠느냐. 사랑이 없으면 억만금이 있다 한들 세상 사는 일이 무슨 소용이겠느냐. 우리 귀봉이의 사랑은 어디서 샘솟는가.

지금 내 옆에 앉아 있는 사람

6학년인 초이, 소희, 귀봉이는 우리 학교 학생 열세 명의 언니요, 형이다. 아이들이 싸울 때는 달려가 말리고 혼낼 아이는 혼내주고, 울면 달래준다. 급식을 하고 나면 총지휘를 해서 설거지를 한다. 열여섯 명밖에 되지 않는 전교 어린이회이지만 그것도 6학년들이 이끈다.

학교가 어질러져 있으면 아이들과 함께 청소를 한다. 오늘 아침에도 운동장에 버찌가 많이 떨어져 있으니 싸리비를 가지고 와서 우리 반 초이, 소희, 귀봉이가 아이들과 함께 운동장을 쓸었다. 우리는 거의 청소를 해라, 쓰레기를 주워라 하는 소리를 하지 않는다. 아이들이 늘 스스로 한다. 체육시간에도 몇 번만 이런저런 조정을 해주면 저희들끼리 다 한다. 올 6학년만 그런 게 아니다. 지난해 졸업한 6학년들도 다 그렇게 아이들을 책임지고 이끌었다. 아이들의 숫자가 적으니, 아이들 중 한 명이라도 아프거나 토라지면 야구도 잘 안 되고, 축구도 잘 되지 않는다. 모두 다 꼭 필요하다. 공을 차다가 공이 운동장 밖으로 흘러가면 누가 시키지 않아도 제일 어린 학년의 아이가 공을 주워 온다. 공이 풀 속으로 들어가 찾기가 힘들거나 가져오기가 어려우면 형들이 가서 가져온다.

우리 반은 6학년이 세 명, 1학년이 두 명이다. 교실에서 놀다보면 6학년 귀봉이나 소희, 초이가 1학년 다희와 창우를 업고 있는 것이 눈에 띈다. 초이 등에 업힌 창우의 환한 얼굴을 보면 마음이 즐거워지고 아이들이 정다워진다. 나는 늘 우리 교실이 교실 같지 않고 형제들이 사는 큰 방 같아서 좋다. 창우, 다희가 무슨 문제를 못 풀고 끙끙대면 자연스럽게 6학년들이 하나씩 맡아서 문제를 이해시켜준다. 다정한 형제들 같은 모습이 나를 늘 행복하게 한다. 어느 날 초이가 이런 일기를 썼다.

내가 학교에 도착하자마자 세희가 와서 귓속말로 "언니, 귀봉이 오빠가 소희 언니 울려서 소희 언니가 집으로 갔어" 한다. 난 무슨 말인지 몰랐다. 그래서 귀봉이한테 "야, 소희가 울면서 가다니 그게 무슨 말이야?" 하고 묻자 귀봉이가 "몰라. 내가 청소 안 하냐고 물으니까 울면

서 갔어" 이렇게 말해서 나는 소희네 집에 전화해보니 소희가 아파서 울었다고 한다. 그리고 집에서 약 먹고 자고 있다고 했다. 그래서 오늘은 귀봉이하고 둘이서만 공부했다. 근데, 이상했다. 전에는 누가 있으나 없으나 별생각이 없었는데, 소희가 학교에 없으니까 허전하고 공부도 잘 안 됐다.

수학 문제를 푸는데, 내 옆에 소희가 있는 것만 같아 자꾸 힐끗힐끗 옆을 보게 된다. 쉬는 시간에도 소희가 없으니까 좀, 뭐랄까 운동장이 외로워 보이고 교실도 쓸쓸해 보였다. 급식시간에도 소희가 없으니까 설거지할 애가 없어서 소희 대신 다른 애가 했다. 소희만큼 야무지게 하지 못해서 답답했다. 귀봉이도 나에게 "야, 이똥깡(소희 별명)이 없으니까 허전하다잉" 하고 말했다. 나와 같은 생각인가보다.

소희가 오늘 비운 그 자리에 내일은 다시 말괄량이 이똥깡이 앉아서 귀봉이랑 티격태격 싸우겠지? 생각만 해도 웃음이 나온다. 그럼 난 그 자리에 껴서 "야, 니들 공부나 해" 하거나, 아니면 어느 한쪽 편을 들며 같이 놀겠지? 오늘 소희가 비운 그 자리는 그 어느 누구도 대신할 수 없고 앞으로도 계속 내 친구 이똥깡만이 채울 수 있다. 그 작은 키, 밴댕이 속으로, 소희가 내일은 꼭 나왔으면 좋겠다.

한 사람이 하루를 비운 자리에 대해 초이는, 나에게 참으로 많은 생각을 하게 해주는 일기를 썼다. 무엇이든지 많으면 하찮고, 적으

면 귀한가. 바로 지금 내 옆에 앉아 있는 사람이 세상과 나에게 얼마
나 귀한가. 다시 한번 바라볼 일이다.

　우리 다희의 학교 가는 길에 하얀 봄맞이꽃, 제비꽃이 피었다. 너무 작아서 잘 안 보이는 이 봄맞이꽃의 꽃잎은 다섯 장이다. 오불오불 하얗게 모여 핀 봄맞이꽃 앞에 쭈그려 앉아보면 다섯 장의 꽃잎이 어찌나 작고 예쁜지 눈이 부시다. 다희는 지금 부산하게 집으로 가고 있다. 복슬복슬한 얼굴이 봄볕에 빨갛게 탔다. 솔숲을 지나 저만큼 인수네 집에 살구꽃이 피고, 마을 뒤란에 자두꽃, 앵두꽃이 핀 마을을 향해 다희는 부지런히 걷는다. 집에는 동생 주완이가 기다리고 있다. '주완아, 조금만 기다려. 이 누나가 초콜릿과 빼빼로를 가지고 갈게.' 다희는 숨이 차다. 오늘따라 가방은 왜 이리 무겁고 길은 멀고, 길가에 꽃들은 왜 이리도 많이 피어 있는지.

어느 일간지에 우리 반 다희와 창우의 이야기를 썼더니, 그 이튿날 학교로 전화가 왔다. 다희와 창우에게 초콜릿을 보내주겠단다. 나는 그 전화를 까맣게 잊고 지냈는데, 어느 날 커다란 소포가 왔다. 뜯어보았더니 거기 창우와 다희의 초콜릿이 편지와 함께 들어 있었다. 나는 우리 학생 열여섯 명과 선생님 세 분, 그리고 일하시는 아저씨 두 분에게 한 개씩 나누어주었다. 그러고도 초콜릿이 남아 창우와 다희, 그리고 6학년 세 명에게 한 개씩 더 나누어주었다. 물론 나도 하나를 더 먹었는데, 마치 예수님의 열두 광주리 빵처럼 다 나누어주고도 두 개가 더 남았다. 나는 그냥 책상 위에 두 개의 초콜릿을 둔 채 공부를 하고 있었다.

그날은 비도 오고 추워서, 우리는 숙직실 방에서 공부하고 있었는데, 한참을 있다가 다희 옆을 보니 초콜릿 하나가 따뜻한 방바닥에서 흐물흐물 녹아가고 있었다. "다희야, 초콜릿 다 녹는다. 얼른 먹어" 그랬더니, "동생 주완이 가져다줘야 돼요" 하는 것이 아닌가. 저는 하나 먹었으니 집에 할아버지랑 있는 주완이에게 가져다주어야 한다는 것이다. 집에 가려면 아직도 멀었는데 어떡하나. 그동안 둥그런 초콜릿이 납작하게 다 녹을 텐데. 내가 다희에게 남은 초콜릿을 줄 테니까 그냥 먹으라고 해도 다희는 먹지 않았다. 초콜릿은 이미 녹아 물렁물렁해져 있었다.

"다희야, 걱정 마. 남은 것 내가 줄 테니까 집에 갈 때 나에게 꼭 말해, 알았지?"

오후에 공부가 끝나고 집에 갈 때 나는 동그랗고 단단한 초콜릿 하나와 책상 속에 있던 빼빼로 한 갑을 다희에게 주었다. 빼빼로까지 생기자 다희 얼굴이 상기되었다. 다희는 인사를 하자마자 부산하게 교실을 나갔다. 한참 있으니, 다희 언니 세희가 다희를 찾았다. 어, 집에 갈 때는 늘 다희가 세희 언니를, 혹은 세희가 다희를 기다렸는데 오늘은 다희가 없네. 나는 복도에서 우연히 다희네 집 가는 학교 뒷길을 보았다. 아, 다희, 그 예쁜 다희가 언니도 기다리지 않고 집으로 가는 비탈길을 마구 달려가고 있었다.

다희가 뛰어가는 길가에 다희같이 작은, 잘 들여다보아야 눈부시게 보이는 봄맞이꽃들이 하얗게, 하얗게 피어나고 있었다. 다희야, 다희야. 풀꽃같이 예쁜 다희야.

소희네 소

꽃이 피는가 싶었는데, 어느새 꽃이 지고 잎들이 피어난다. 잎들이 피어나 화사한 봄날, 학교 옆 비탈진 산밭에서 소희 아버지가 쟁기질을 한다. 참으로 오랜만에 쟁기질을 하며 소에게 지르는 고함소리를 들어본다. '이랴 자랴' 쟁기질 소리가 참으로 맑고 청아하게 봄산에 울려 퍼진다. 욕심이라고는 눈곱만치도 없는 것 같은 목소리다. 나는 먼 데서 소희 아버지와 쟁기를 끄는 소를 바라보다가 얼마 전에 복사해두었던 소희의 일기를 다시 꺼내 읽는다. 아이들이 다 돌아간 고요한 시간에 아이들의 일기를 읽고 있으면 나는 이따금 눈시울이 뜨거워질 때가 있다.

학교가 끝나고 집에 오는데 엄마가 있었다. 엄마가 숙제를 다 하고 아빠에게 커피를 갖다주라고 했다. 수학 익힘과 한문을 다 끝내고 냉장고에 있는 커피를 꺼내서 밭에 갔다. 가서 아빠에게 커피를 따라주었다. 커피를 다 드시고 아빠는 나에게, "너, 소 끌고 갈 수 있어?" "아니. 아빠, 내가 아무리 소를 끌고 간다고 해도 소를 묶을 줄 몰라." "그래. 그럼 나무 가지고 올 테니까 소 잘 보고 있어." 아빠는 경운기를 끌고 나무를 실으러 갔다.

소를 보고 있는데, 무서웠다. 엄마가 왔다. 엄마가 와서 소를 끌고 집으로 왔다. 집에 오는 길에 소가 선미 언니네 지푸라기를 빼먹었다. '소가 참 배고팠나 보다' 하는 생각이 들었다. 강제로 못 먹게 하고 집으로 왔다. 집에 와서 소에게 주려고 물을 받아놓은 곳으로 소가 가더니, 물에 입을 박고 허겁지겁 먹었다. '소가 참 목말랐나 보다' 하는 생각이 들었다.

소가 가끔은 불쌍하다. 이유는 열심히 일만 하기 때문이다. 소야, 고마워.

소희의 일기를 자세히 읽으니, 소와 소희와 소희의 어머니와 아버지의 모습이 눈앞에 어른거리며 코끝이 시큰해진다. 그렇다. 정말 소가 고마운 것이다. 그 불쌍한 소가 지금 헉헉거리며 먼지 풀썩이는 가난한 땅을 갈아가고 있다.

제4부

──

내 인생의 어린 선생님들

눈부신 이슬방울들

산은 푸르다. 참말이지 꼼짝없이 푸르다. 산보고, "산아 더 푸르러져봐라" 하면 산은 확 부서져버릴 것같이 더 갈 데가 없이 푸르다. 아아, 산이 저렇게 짙푸른 것을 나는 요즘 새로 보는 것이다. 참 신기하다. 왜 지금에서야 산의 저 꽉 찬 싱그러움이 보인단 말인가. 삶은 이래서 살아갈수록 신기한가보다.

우리 반 1학년 찬솔이, 다솔이, 창희, 2학년 창우, 다희가 하얀 운동장에서 놀고 있다. 무슨 일인지 아이들이 모두 고개를 잔뜩 쳐들고 푸른 벚나무를 올려다본다. 매미 소리가 아이들 얼굴 위로 와르르 쏟아진다. 아이들이 고개를 내리고는 무슨 말인가 시끄럽게 떠들어대더니 교실을 향해 일제히 달려온다.

“선생님 매미가 우는데 매미가 없어요.”

“매미는 어디서 울어요?”

아이들은 내 곁에 몰려와 매미에 대해 제각각 한마디씩 떠든다. 호기심 가득한 열 개의 까만 눈동자들이 티 없이 깊다. 나는 아이들이랑 운동장가에 있는 매미가 우는 나무 아래로 가서 매미를 찾는다. 매미는 모두 나무껍질색이어서 잘 보이지 않는데 어쩌다가 한 마리 찾아주면 아이들은 신이 난다. 비 그친 하늘에 잠자리들이 날아다닌다. 매미를 찾는 일이나, 잠자리가 나는 일이나, 꽃이 피는 일이나 모두 신비롭기만 하다.

이슬비가 내린다. 매미를 찾으며 놀던 아이들이 교실로 들어온다. 머리칼에 작은 이슬방울들이 방울방울 맺혀 있다. 다시 해가 난다. 나뭇잎이 반짝인다. 교실 창 너머 풀잎 이쪽에서 저쪽으로 거미줄이 걸려 있다. 다리가 긴 노란 작은 거미가 있는 거미줄에 이슬방울이 송알송알 맺혀 있다. 아이들을 불러 거미집과 거미를 보여준다. 아이들은 거미줄에 맺힌 이슬방울들을 가리키며 떠든다.

새가 울고 바람이 분다. 산은 푸르고 잠자리떼는 날개를 반짝이며 다시 허공을 날고, 매미들은 더 크게 운다. 창우, 다희, 찬솔이, 다솔이, 창희가 거미줄에 매달린 이슬방울들처럼 나란히 운동장으로 나가 고개를 쳐들고 날아다니는 잠자리들을 향해 훌쩍훌쩍 헛손질을 하며 뛰어다닌다. 바람이 불자 거미줄에 맺힌 이슬방울들이

거미줄을 타고 저쪽 풀잎으로 거짓말같이 스르르 건너가버린다. 아
아, 나도 아이들 뒤를 따라 거미줄을 타고 이쪽 풀잎에서 저쪽 풀잎
으로 건너가는 이슬방울처럼 세상을 건너가고 싶다.

운동장가에 벚꽃이 꽃구름처럼 활짝 피어올랐다. 보는 곳마다 꽃이다. 산에도 들에도 언덕에도 밭가에도 솔숲에도 세상은 온통 꽃이다. 꽃 피고 지는 이 아름답고 고운 봄날, 아이들이 커다란 벚나무 아래 앉아 그림을 그리고 시를 쓴다. 4학년 은미가 도화지 가득 꽃을 그리고 「꽃」이라는 시를 써왔다.

꽃

향기로운 꽃
누굴 주고 싶어

이쁘게 피었을까.

여러 사람에게

사랑을 주고 싶어 피었을까.

나도 꽃을 좋아한다.

아아 나에게도 꽃을 줄까?

은미 머리 위에서 꽃들이 환하게 웃는다. 인수도 시를 쓴다. 고개를 갸웃거리기도 하고 하늘을 올려다보기도 하고, 골똘히 무엇인가를 생각하며 연필에 침을 묻혀 꽃들이 만발한 도화지 위에 시를 쓴다.

벚꽃잎

꽃잎이 하늘을

날아다닌다.

바람을 타고

여행을 간다.

꽃잎이 우리의 기분을 신나게 해준다.

꽃잎들이 인수의 머리에 가만가만 떨어진다. 인수 도화지에 그려진 꽃잎들이 나비가 되어 날아간다. 서울에서 전학 온 우리 반 1학

년 다솔이는 어느 날 이런 일기를 써 왔다.

난 시골에서 산다. 시골은 참 좋은 시골이다. 난 공기가 좋은 시골이 좋다. 무당벌레도 보고 개구리도 보았다. 솔방울도 보고 할미꽃도 보았다.

다솔이는 오늘 도화지에 삐뚤삐뚤한 글씨로 「뒷산에서」라는 시를 써왔다.

뒷산에서

오늘은
언니들이랑
뒷산에
갔다.
오늘은
뒷산에
고사리가
없었다.
고사리는 먹는 거다.

다솔이는 모든 것이 신기하기만 하다. 봄맞이꽃을 알려주었더니 집에 가서는 어머니께 학교에서 달맞이꽃을 보았다고 한다. 출근하자마자 다솔이랑 뒷산에 갔는데, 다솔이는 무덤 위에 소복하게 피어나는 산제비꽃을 보며 무섭다고 한다. 무덤이 무서운 것이다. 아이들이 도화지 가득 꽃나무며 꽃이파리며 나비 들을 그리는 동안 나도 시를 쓴다.

꽃잎

너를 만나려고
다시는 돌아갈 수 없는
이 길을
나는 왔다.
보아라.
나는 네 앞에서만
이렇게 나를 그린다.

난로 위에는 물이 끓고, 창밖에는 눈이 옵니다

겨울 아침이면 아버지는 늘 두 개의 장작개비를 난로 속에 들어갈 만한 길이로 적당하게 잘라서 새끼로 단단히 묶어 어깨에 멜 수 있게 해주셨다. 책보를 등에 둘러메고 장작개비 두 개를 어깨에 메면 학교 갈 준비가 다 되었다. 학교 가는 길에 만난 아이들도 모두 책보와 장작을 함께 메고 있었다.

상급생 형이 있는 아이들은 형이나 누나 들이 같이 가져갔지만 형이나 누나가 없는 아이들은 책보와 장작 때문에 추운 등하굣길이 더 힘들었다. 집을 나설 때 두 개의 장작개비는 별 힘이 들지 않지만 먼 길을 가자면 여간 고역이 아니었다. 새끼로 단단히 묶었어도 먼 길을 가다보면 묶음이 헐렁해져 장작개비가 빠졌다. 그래서 저학년 아이를 둔 아버지들은 장작을 한 짐씩 미리 져다가 학교 교실에 쌓아두기도 했다.

학교에 일찍 온 아이들은 겨울이 오기 전에 미리 학교 뒷산에서 해다놓은 솔잎 같은 불쏘시개로 난로에 불을 피웠다. 등굣길에 보면 교실마다 올라가는 연기가 학교 뒷산을 넘었다. 교실에 들어가면 벌써 난로가 벌겋게 달아 있고 아이들의 얼굴도 난로만큼이나 뜨겁게 달구어져 있었다.

어떤 선생님은 고구마를 우리 맘대로 구워먹을 수 있게 했지만 어떤 선생님은 절대 금지였다. 아무리 선생님이 금지해도 우리는 고구마를 구워먹었다. 납작납작 둥글둥글 썰어 난로 위를 가득 채워놓으면 금세 노릇노릇 고구마가 익었다. 선생님이 오신다는 소리가 나면 얼른 고구마를 거두어 먹거나 감추어두었다가 나중에 구워먹었다. 난롯불이 너무 뜨겁기 때문에 함부로 고구마 자른 것을 올리고 내릴 수 없어서 우리는 조금 굵은 철사 꼬챙이를 만들기도 했다. 짓궂은 아이들은 그 철사 꼬챙이로 다른 아이들이 구워놓은 고구마를 잘도 낚아채 먹었다.

4교시가 끝나고 점심시간이 시작되어 선생님이 교실 문을 나서기가 바쁘게 아이들은 후다닥 뛰어나와 난로 위에 도시락을 올렸다. 난롯불이 너무 뜨거우면 도시락 속에 든 밥이 금방 타기 때문에 아이들 도시락 중에 바닥이 타지 않은 것이 없었다. 밥이 눌어 누룽

지에 물을 부으면 숭늉이 되었다. 적당히 구워진 도시락을 열 때 올라오던 그 하얀 김이 지금도 손에 잡힐 듯 몰려온다. 난로 위에 수북이 쌓여 있던 우그러지고 때가 낀 양은 도시락들과 김 나는 도시락에 허겁지겁 달려들어 후후거리며 밥을 먹던 상기된 내 동무들의 얼굴들이랑.

하루 종일 눈이 내리면 선생님은 아이들 성화에 못 이겨 아이들을 눈밭 속으로 내보내 편을 갈라 눈싸움을 시켜놓고 교실로 들어가시고, 우리는 지치고 헐떡일 때까지 눈싸움을 하다 양말도 옷도 젖은 채로 교실 난롯가로 달려가 양말을 벗고 웃옷을 벗어 말렸다. 젖은 양말과 옷에서 나던 그 뽀얀 김들, 옷을 입은 채로 뺑뺑 돌며 말릴 때의 그 뜨거움, 양말을 신은 채 난로 가까이 대었다가 나일론 양말이 오글오글 오그라져 어머니께 혼나던 일들 모두가 아득하게 먼 전설 같은 이야기가 되었다.

내가 선생이 되었을 때에는 조개탄을 때다가 갈탄으로 바뀌더니 지금은 석유난로가 교실마다 놓여 있다. 불 지피기가 그렇게 어려웠는데 지금은 스위치만 누르면 불이 켜진다. 나는 지금 조그만 분교에 있다. 운동장 끝에 있는 호수 가득 눈이 오면 아이들은 운동장에 나가 신나게 눈싸움을 하고, 나는 난롯가에 앉아 주전자 물구멍으로 나오는 연기를 보며 생각에 빠진다. 그러다가 아이들이 젖은 몸으로 교실에 들어오면 옷을 벗겨 의자에 걸어 말린다.

창밖 호수에는 하얀 눈이 내리고 아이들은 놀다 지쳐 조용하다. 밖에 내리는 하얀 눈과 난로 위 주전자에서 솟는 하얀 김이 만들어 내는 고요함 속에 아이들의 해맑은 소리가 내 생각 속을 헤집고 다 닌다.

시인과 선생님

"시 쓰는 일과 선생 하는 것 중에서 하나만 선택하라고 하면 어떤 것을 선택하겠느냐?"

"선생을 하는 것이 시를 쓰는 데 얼마나 도움이 되느냐?"

이 두 가지 질문은 나를 찾아온 사람들이 한결같이 묻는 것들이다. 말도 안 되는 이 질문을 받으며 지금까지 30년 동안 선생을 했고 시를 써왔다. 나는 인생을 스물한 살 때 시작했다. 스물한 살 먹었을 때 우연히 선생을 시작했고, 선생을 시작하면서 나도 모르게 문학에 빠져들었다.

내가 처음 발령받은 곳은 작은 분교였다. 어느 날 그 먼 곳까지 월부 책 외판원이 찾아왔는데, 그때 월부 책을 산 것이 계기가 되어 나는 책을 가까이하기 시작했다. 책을 읽으면서도 시인이 된다거나, 또는 무엇이 되어야겠다는 생각은 하지 않았다. 책을 읽는 것이 그냥 좋았다. 책을 읽어가면서 나와 세계와의 관계를 이해하고 인생을 깨달아갔다. 책을 통해 세계를 믿는 것이 아니라 자기 자신을 믿는 인생의 가장 기본적인 자세를 터득한 것이다. 나는 지식으로 얻어지는 새로움으로 자연을 이해하고 세계 질서를 내 삶으로 구체화했던 셈이다. 글을 쓰는 일이 중요한 게 아니라 내게 주어진 순간들이 중요했고, 그 순간을 확실한 내 삶의 '현실'로 만들었다. 글을 쓰는 일은 그다음 일이었다.

나는 늘 나무를 생각했다. 나무는 누가 옮기지만 않으면 태어난 그 자리에서 죽을 때까지 한 걸음도 떼지 않고 산다. 그러면서도 나무는 세상에 필요한 것들을 만들어낸다. 나무는 여행을 다니지도 않고, 그 어떤 치장도 않는다. 그러면서도 세상의 모든 아름다운 것들을 부른다. 해와 달과 별, 새와 매미와 온갖 곤충들이 나무에 의지하고 일생을 산다. 아름다운 꽃과 눈부신 이파리, 눈과 바람과 푸른 빗줄기도 다 나무를 찾아간다. 그리하여 나무는 그것들을 종합하는 것이다. 내게 나무는 그야말로 '전인적'이었다. 나무에게서 어찌 아름다운 달빛과 살을 파고드는 칼바람을 따로 떼어 분리할 수 있겠는가. 나무는 나무인 것이다. 나무에서 잎과 가지와 몸과 나무에 사는 모든 것들을 분리하고 나누려는 일만큼 어리석은 일은 없을 것이다. 나는 한 번도 선생을 하기 위해서 시를 공부한 적이 없고, 시를 위해서 선생을 한 적도 없다. 다만 오늘을 사는 순간순간이 내 현실이고, 그 현실이 확실한 내 인생인 것이다.

시인은 세상에 벌어지는 일들에 관심을 갖고 그것들을 종합하는 일을 한다. 또 죽어가는 것들을 살려내는 일도 한다. 선생도 마찬가지다. 선생님들도 '인간'을 '교육'하는 전인적 인간으로서 세상을 종합하는 위대한 일을 한다. 엄격하게 말하면 선생만큼 위대한 시인은 세상에 없다.

나도 집에 갈랍니다

　일요일 일직이어서 학교에 왔습니다. 날씨가 하도 포근하고 따뜻하여 창문을 열어놓고 텅 빈 운동장을 바라봅니다. 어제 비가 와서 땅은 적당하게 젖어 있고 운동장가의 벗나무는 곧 울음을 터뜨릴 것처럼 꽃망울이 벙그러집니다. 마른 풀잎들은 이제 더이상 서 있을 힘이 없는지 안심하고 편안히 누워 있습니다. 봄바람이 얼굴을 감미롭게 스칩니다. 운동장으로 나가 흙을 가만가만 밟아봅니다. 폭신폭신합니다.

　혼자 하늘도 바라보고, 강물도 바라보고, 운동장 흙도 한번 툭툭 차봅니다. 학교 뒷산 솔잎은 한없이 푸르러집니다. 소나무 아래에는 진달래꽃이 피어날 것입니다. 머리 깃과 꼬리가 다홍색인, 그리

고 하얀 몸에 검정색이 점점이 박힌 딱따구리가 날아와 나무를 쪼는 따르르 울림 소리가 참으로 경쾌하고도 낭랑합니다.

숙직실 마루에 발을 걸치고 가만히 앉아 강을 보고 있으니, 학교 뒤에 사는 인수, 은미, 선옥이, 세희, 다희가 놀러 옵니다. 심심하던 차에 잘 되었습니다. 나는 아이들과 함께 공을 찹니다. 아이들의 거침없는 몸놀림이 산천과 어울려 아름답습니다. 공을 따라 반짝이는 눈동자, 힘껏 내지르는 발짓, 끊임없이 내젓는 손짓, 그리고 고함 소리, 웃음소리. 나는 덩달아 신이 납니다. 공을 차다 지친 나는 이마에 흐른 땀을 닦습니다.

아이들은 한참 동안 공을 차는가 싶더니 금방 다른 놀이를 합니다. 땅에 여러 칸의 금을 긋고 땅따먹기를 합니다. 따먹으면 자기 땅이라고 표시를 하고, 남의 땅을 밟으면 죽습니다. 작고 예쁜 돌을 던져놓고 풀쩍풀쩍 뛰는 세희, 다희의 머릿결이 나풀거립니다. 땅따먹기를 하는가 싶더니, 아이들은 또 가지고 놀던 돌멩이를 하늘 높이 던지며 놉니다. 돌을 던져놓고 하늘을 올려다보는 아이들의 얼굴이 붉고 맑습니다. 아이들은 또 어느새 운동장에 자기들의 얼굴을 그립니다. 커다랗게 있는 힘을 다해 자기의 얼굴과 다리와 팔과 손을 그립니다. 코, 눈, 입, 머리 그렇게 그려놓고, 어머니와 아버지, 돌아가신 할머니 얼굴을 그립니다. 나무, 마을, 하늘, 산을 그리고, 세희가 길게 길게 무엇인가를 굽이굽이 그립니다. 내가 다가가 뭐냐고 물으니 강이랍니다.

해가 지고 아이들은 해를 따라 집에 갑니다. 아이들이 그려놓은 집과 산과 꽃 피는 나무에 산그늘이 조용조용 내리고 세희의 긴 강물에 저문 물소리가 들립니다. 나도 집에 갈랍니다.

내 인생의 어린 선생님들

오랜만에 비가 오고 있다. 숲으로 둘러싸인 작은 초등학교 운동장에 빗물이 흘러가고 있다. 운동장가 언덕에는 보라색 엉겅퀴꽃이며, 새하얀 개망초꽃이 빗속에서 이슬을 달고 함초롬히 피어 있다. 서 삭은 언덕에 웬 꽃들이 그리도 많이 피고 지는지.

아이들이 없는 운동장은 늘 고요하다. 저렇게 빈 운동장을 바라보고 있으면 왠지 마음이 호젓해지고 차분해진다. '그래, 나는 내 인생을 저 운동장 속에서 다 지냈구나. 내 인생을 저기에 다 쏟았구나' 하는 생각을 한 지가 한 해 한 해 쌓여 벌써 31년이 되었다. 생각해보면 참 긴 세월이다. 저기가 내 청춘, 내 인생의 전부가 아닌가.

나는 초등학교 6년, 중고등학교 6년을 보냈고, 선생을 한 지 31년이 되었으니 학교에서만 43년을 보낸 셈이다. 내 인생의 전부를 선생님들 속에서 보냈다고 해도 과언이 아니다. 그러나 내 인생에 크게 영향을 준, 인간적으로 본받을 만한 선생님을 나는 떠올릴 수가 없다. 나도 남들에게 그러리라고 생각하면 매우 부끄럽고 창피하다. 그러나 좋은 인상으로 남아 있는 선생님은 몇 분 계신다.

중학교 때인가, 언제인가 모르겠다. 군인들이 학교에 와서 연극을 하고 난 다음, 무대 아래 앉아 있는 우리에게 사과와 과자를 던져주었는데, 아이들이 그 과자를 서로 받아먹으려고 난장판을 만들었다.

"너희들이 거지냐?"

커다란 고함 소리가 아이들과 군인들의 행동을 일시에 정지시켜버렸다. 과학을 가르치던 정용묵 선생님이었다. 꼿꼿한 자세와 분노에 찬 얼굴로 우리를 바라보던 선생님의 모습을 나는 지금도 잊을 수 없다.

내가 선생이 된 후로는 두 분을 기억한다. 이학연 선생님과 장태익 선생님이다. 아이들의 마음을 잘 배려해주는 분들이었다. 두 분이 아이들에게 두터운 인간적인 신뢰감을 심어주고 있다는 것을 그 반 아이들의 분위기에서 느낄 수 있었다. 나는 아이들을 인격적으로 대하고 믿는 그 두 분의 교육적 분위기가 늘 부러웠다. 그 선생님들 반은 늘 평화롭고 차분하고 모든 아이들이 다 활달해 보였다. 스

스럼없이 선생님을 대하던 아이들의 자연스러운 모습을 나는 지금도 생생하게 기억하고 있다.

아이들을 가르치며 살고 있는 나는 아이들에게 무엇을 가르친다기보다 아이들에게 늘 배운다는 생각을 갖고 산다. 가르치며 내 삶을 반성하거나 자기를 고치지 않고, 배우지 않는 것은 교육이 아니다. 나는 지금 1학년 두 명과 2학년 두 명과 함께 생활하고 있다. 1학년 창희와 다솔이가 들어오니, 갑자기 2학년 창우와 다희가 하는 일들이 미워 보이기 시작했다. 당연히 창우와 다희에게 꾸중하는 횟수가 늘어났다. 어제였다. 무슨 문제를 풀다가 다희가 문제를 잘 풀지 못

했다. 그때 다희가 얼른 내 눈을 바라보았다. 아, 다희의 눈은 잔뜩 겁을 먹고 있었다. 나는 가슴이 뜨끔했다. 작년 1학년 때 다희가 나를 쳐다보던 눈은 저런 겁먹은 눈이 아니었다. 내가 잘못했구나, 내가 잘못했어. 겁이 났다. 어떻게 다희가 나를 저런 눈으로 바라보게 만들었단 말인가. 어떻게든 다희가 나를 바라보는 눈빛을 고쳐야겠다고 생각하며 뒤척였다.

오늘 아침, 학교에 와서 나는 얼른 다희를 찾았다. 다희의 눈을 바라보며 다정하게 이런저런 이야길 했다. 그래, 며칠 이렇게 저렇게 지내며 다희가 나를 바라보는 눈빛을 평화롭고 안정되게 돌려놓으리라.

비가 그치자 세상이 환해진다. 전교생 스무 명이 운동장에 오불오불 모여 고함을 지른다. 깜짝 놀라 아이들을 바라본다. 비 맞은 언덕의 풀꽃들처럼 아이들 모습이 터질 것같이 싱싱하고 탱글탱글하다. 내게는 저 아이들이 인생의 선생님이었다. 아이들과 지내는 이 하루하루가 버릴 것 없는 확실한 내 삶이라는 것을 아이들이 가르쳐주었던 것이다. 그것이 생의 기쁨이다.

제 5 부

우리 동무들은 지금 무얼 하고 지낼까?

강아 · 일어나

누가 밤에 이렇게 울까. 지금 욱욱, 둑둑, 훅훅 소리가 난다. 누구의 울음소리일까. 부엉이, 뻐꾸기, 소쩍새? 누구지? 누가 이리 슬피 울까. 새가 슬피 울면 산도 운다. 쿵쿵쾅쾅 운다. 쿵쿵쾅쾅 소리가 난 다음은 소록소록 비가 내린다. 비는 그 새의 눈물인 것 같다. 그 산과 그 새는 친구보다 더 가까운 형제인 것 같다. 밤에는 그 새가 울면 무섭기도 하고 불쌍하기도 하다. 이유는 엄마가 하는 말인데, 누가 엄마를 잃고 외로이 운다는 것이다.

밤에는 아무도 안 울면 좋겠다.

위의 글은 6학년 윤귀봉의 어느 봄밤 일기다. 귀봉이네 집은 섬진강 호숫가에 있다. 달이, 둥근 달이 호수 위에 떠 있는지도 모른다. 달이 환하게 떠 있으면 호수는 달빛에 제 몸을 다 드러내고 가만가만 반짝일 것이다. 검은 산속에서는 소쩍새가 밤새워 울고, 세상은 고요하리라. 귀봉이는 어쩌다 잠을 이루지 못하고 어머니와 함께 밤새워 우는 새소리를 들으며 새소리에 대해 어머니께 물었으리라. "엄니, 저 새가 무슨 새간디 저렇게 밤마다 슬프게 운대야." "응, 저 새는 엄마를 잃은 사람이 새가 되어 운단다." 「달빛의 빛을 받은 아침의 강물」이라는 동시에서 귀봉이는 다음과 같이 쓴다.

달빛의 빛을 받은 아침의 강물

윤귀봉

강아 일어나 하고 말을 해도

강은 잠을 자네.

강은 밤새 달의 빛을 받기 위해

노력하네.

강이 쉬는 날은 비 오는 날.

귀봉이네는 호숫가에서 고기도 잡고, 개도 키우고, 한봉도 키우며 산다. 귀봉이는 눈 뜨면 코앞에 펼쳐진 호숫가에서 늘 외롭다. 집에 가면 놀 아이가 없다. 같은 동네에 1학년 창우와 3학년 동수가 있지만 이 둘은 학교 갔다 오면 태권도 학원을 간다. 귀봉이는 늘 집 안일을 거든다. 옥수수도 심고, 개밥도 주고, 한봉이 분봉할 때는 벌도 보아야 한다.

벌 새끼

윤귀봉

오늘 벌이
새끼를 난다.

엄마 아빠는 전주 누나네 집에 가고
나와 누나만 집에 있네.

나는 벌이 못 도망가게
물을 뿌릴 준비를 하고
누나는 방 청소를 하네.

윙윙 벌들이

무지막지하게

나오네.

물을 뿌리네.

성공!

벌이 대이동을 전봇대에다 했네.

아빠가 전주에서 와서

벌 새끼를 받아

벌통을 만들었네.

귀봉이는 막둥이이고 위로 누나들이 다섯이나 있다. 그래서 귀봉이는 집에서 늘 심심하고, 일하느라 정말로 애쓴다.

물고기를 잡자

창우는 귀봉이네 윗집에 산다. 창우는 1학년 우리 반이다. 나는 창우를 매우 좋아하는데, 이 녀석은 누구의 눈치도 안 본다. 무슨 일이든지 천천히 한다. 공부도 그렇다. 학교에 입학한 지 얼마 안 되어 같은 학년인 다희와 함께 우리 집에 간 적이 있는데, 재미있었 는지 그후 아침마다 나에게 인사를 해놓고는 한다는 말이 "나 오늘 선생님 집에 가야 하는디"이다. 내가 "왜?" 그러면 "재미있었잖아 요" 하며 우리 집에 오늘도 가자고 다희랑 떼를 쓴다. 요즘 들어 제 법 말썽을 피운다. 오늘 둘째 시간이 끝나고 현관에 나가보니, 4학 년인 빛나의 운동화 가득 누군가 물을 부어놓았다. 나중에 알아봤 더니, 그 주인공이 창우였다. 그래도 창우는 자기가 안 그랬단다.

요 녀석이 드디어 자기를 위해 거짓말을 한 것이다. 동수는 동생 창
우에 대해 이런 시를 썼다.

잠자는 내 동생

서동수

낮에는 싸워서 밉고
동생이 잠자는 모습을 보면
꼭 날개 없는 천사 같다. 나는 천사에게
뽀뽀를 한다.

서창우, 이 서창우는 어느 날 나에게 그림일기를 자기가 썼다고
으스대며 자랑을 했다. 어느 날은 또 창우가 갑자기 글을 잘 읽어서
나를 깜짝 놀라게 했다. 그런가 하면, 창우의 형인 동수가 처음 쓴
시는 정말로 유명하다.

사랑

서동수

나는 어머니가 좋다. 왜 그냐면

그냥 좋다.

그렇다. 그냥 좋은 것이 사랑이다. 그 '어떤 것'이 좋아서 사랑이 싹튼다면, 그 '어떤 것'은 오래 살다보면 싫어지게 마련이다. 그냥 좋은 사랑이어야 무엇이 좋은지 모르는 사랑이어야 무엇이 좋은지 모르고 좋아하면서 산다. 우리 어머니는 나에게 늘 이런 말씀을 하셨다. "그 봐라, 아무리 좋은 노래도 한두 번이라고 하지 않던." 동수는 그후에도 수많은 동시를 써서 나를 감동시켰다.

달

서동수

나는 오늘 밤 여치 소리를 들으며
하늘을 보았다.
그런데 달과 별이 없었다.
나는 심심했다.
내일은 시험이다.
나는 시험을 잘 보겠다.
달이 안 떠서 아주 심심했다.
창우와 놀다가 잤다.

동수의 글은 늘 신선한 감동으로 다가왔다. 동수가 보는 사물들을 나도 어렸을 때 보고 자랐다. 여치 소리를 들으며 하늘을 보는 동수를 생각하면 나는 눈시울이 붉어진다. 진짜 괜히 슬퍼진다. 아이들은 이렇게 사물을 보며 그것을 가슴속에 담아가기 시작한다.

물고기 잡기

서동수

물고기를 잡자
큰 고기 작은 고기
큰 고기는 잡아서 팔고
작은 고기는 키우자.

고기를 잡자.
고기를 잡아
아버지 어머니 온 가족에게 주자.
작은 고기는 어항에 키우고
큰 고기는 팔자.

동수와 창우 부모님은 호수에서 고기를 잡으며 산다.

사람들은 이제 무엇을 오래 바라보고, 바라본 것들을 가슴에 담아 그려내는 일을 잃어버린 지 오래되었다. '바라보는 일'이 없는 사람은 삭막하다. 산을 바라보고, 강을 바라보고, 나무와 달을 바라보고, 노을을 바라보는 일을 잃어버린 우리의 삶은 삭막하고 광폭하고 거칠고 충동적이며 무섭다. 생각을 이을 줄 모르기 때문에 찰나적이고, 세상에 무관심하다.

나는 우리 아이들이 글을 써내는 것을 보고 늘 감동했다. 아이들은 글을 쓰기 시작하면서 사물을 바라보고, 가슴에 담아 그것을 글로 그려낼 줄 알게 됐다. 눈이 오는 모습, 바람이 부는 모습, 새의 모습에 자기를 담아냈다. 대단한 일이었다. 아이들이 사물을 읽고 있었던 것이다. 나는 아이들의 글을 보며 흥분했다. 나는 아이들이 나에게 준 글들을 보고 뛸 듯이 기뻤고 참으로 행복했다.

나무입

김인수

나무입은가을이대면나무입니물들고 또 빨간색도 있고 또 노랑색도있고
업어가지모양이있다 또 나무입은나누에서대어어지면나겹이대고 또 아저
씨들이 나무입을 태운다.

글자를 스스로 터득한 인수가 쓴 첫 '작품'이다. 이 글을 받아 들
고 나는 흥분해서 아무것도 손에 잡히지 않아 하루 종일 어쩔 줄 몰
랐다. 나는 선생님들에게 이 글을 보여주었다. 선생님들은 이 글을

복사해서 나누어 가졌다. 액자를 만들어 교실에 걸어두었다. 나뭇잎이 나무에서 떨어지면 낙엽이 된다는 것을 나도 처음 깨달은 것처럼 신선하고, 깨끗한 산그늘 같은 것이 내 마음을 서늘하게 지나갔다. 이 세상에 태어난 한 사람이 처음 자기의 생각을 이렇게 표현한 것이다. 어찌 흥분하지 않을 수 있겠는가. 인수는 그 뒤로도 많은 시들을 쓰며 나를 감동시키고 울렸다.

우리 집 소식

김인수

우리 할머니가 돌아가셨다.
내 마음은 슬프다.

할머니가 돌아가시고 인수가 쓴 일기를 읽으며 우리는 모두 훌쩍이며 울었다. 할머니에 대한 인수의 글들은 여기저기 소개되기도 했다. 인수는 영특하고 머리가 영롱하게 맑은 아이다. 많은 생각을 하고 그 생각을 나에게 이야기하곤 했다. 우리 둘은 이따금 창가에 서서 생각을 주고받았다. 인수는 논리적으로 생각을 이끌고 정리할 줄 알았다.

아침

김인수

봄의 아침은

활짝 꽃들이

얼굴을 내밀고

여름 아침은

산들의 나뭇잎들이

얼굴을 내민다.

가을에 아침은

나뭇잎이 잠에서 깨어나고

겨울 아침은 눈이 펑펑 내린다.

이 글을 쓴 날은 학교 앞 호수에 눈이 펑펑 내리는 겨울날이었다. 초록 바탕에 흰 눈이 펑펑 내리는 그림이 있는 시화로 된 이 글은 지금 액자에 예쁘게 간직되어 내 교실에 걸려 있다. 이 글들은 내 인생의 그 어떤 것과도 바꿀 수 없는 큰 재산이다. 난 인수를 사랑한다.

인수야, 가난한 인수야,

너의 맑은 눈빛이 늘 나를 들여다보게 한단다.

거미는 거미줄에 산다

거미줄

김은미

거미는거미줄에서산다사람이거미줄을치우면거미는죽는다거미줄이 있
으면 잠자리나생명이걸린다.

은미도 지금은 3학년이다. 동수, 은미, 인수가 1학년에 들어왔을 때 나도 이 학교에 왔다. 은미는 할머니, 할아버지와 살았는데, 할머니는 작년에 돌아가셨다. 무척이나 슬퍼하던 은미. 학교 가는 길에 할머니 무덤이 있는데, 늘 들러서 온다고 했다. 은미는 처음 학

교에 와서 아버지, 어머니가 보고 싶다며 혼자 울곤 했는데, 이제 한결 어른스러워졌다.

이 세 아이가 학교생활을 시작하면서 그중 한 명은 늘 따돌림을 당하고 혼자 운동장에 서 있던 모습들이 눈에 선하다. 인수와 동수가 은미를 따돌리고, 은미와 인수가 동수를 따돌리고, 이러면서 아이들은 커갔다. 그때 아이들과 함께 놀던 흰 강아지가 한 마리 있었는데, 아이들이 교실로 들어오면 강아지가 심심해하면서 이 교실 저 교실을 기웃거리던 모습이 떠올라 웃음이 나온다. 나는 강아지까지 1학년이 네 명이라고 생각했다. 이 세 아이가 글을 깨우쳐가며 동시를 쓴다는 사실은 내게 삶의 경이와 같았다. 이 아이들은 2학년 때에도 나와 같이 1년을 생활했다.

아기 참새

김은미

오늘 학교에서 오는데
우리 집 옆 전봇대에
우리 집 참새가 떨어져 있을 거라고 생각했다.
그런데 진짜로 새가 떨어져 있었다.
내가 떨어졌을까 생각해봤는데

신기하게 떨어져 있었다.

그래서 내가 메뚜기하고 물하고 조금씩 먹여 주었다.

오동나무가
춤을 춘다

마암분교 아이들이 사는 섬진강 댐가에는, 논도 없고 밭도 그리 많지 않다. 모두 가난해 보인다. 밭 조금, 산골 논다랑이 조금, 그리고 호수에서 고기도 잡고, 개도 키우고, 소도 키우고 산다.

현자는 순한 아이다. 늘 조용하다. 현자가 크게 웃는 것을 나는 보지 못했다. 예쁜 얼굴이지만 늘 그늘이 있다. 현자는 아버지와 할머니, 그리고 언니 현정이와 함께 산다. 어머니가 안 계시지만 늘 옷도 깨끗하게 입고 머리도 단정하게 빗고 다닌다. 현자와 현정이를 보면 그림 같다는 생각을 한다. 그림같이 조용하다는 뜻이다.

내가 이 학교에 와서 처음 시작한 게 야구와 축구였다. 1학년에서 6학년까지 모두 편을 갈라 날마다 시합을 시켰다. 현정이와 현자는 늘 한쪽에 서 있다가 공에 맞아 울기만 하더니, 이제 제법 안타도 치고, 공도 적극적으로 친다. 단단하게 한몫씩 한다. 요즘은 현정이가 제법 나를 잘 따라 아이들과 함께 뒷산을 산책하기도 해서 은근히 기쁘기도 하다.

오동나무

최현자

바람이 불면
오동나무가 춤을 춘다.
바람이 불면
온 세상 나무들이 춤을 춘다.

현자가 사는 마을엔 오동나무가 많다. 오동나무는 꽃보다 잎이 먼저 핀다. 오동나무 잎이 지는 것을 보고 가을을 느낀다는 말이 있다. 오동나무는 나무들 중에서 잎이 제일 늦게 피고 제일 일찍 떨어진다. 지금 현자네 동네 오동나무에 꽃이 피어 있고 뻐꾸기가 운다. 참 예쁜 마을이다. 살구꽃이 피고 나서 감잎이 필 때 저문 햇살을 받은 현자네 마을은 예쁘다.

뻐꾸기

최현자

뻐꾸기는 뻐꾹
뻐꾹거리지요.
뻐꾸기는 산에서
산다.
새 생각하면 날고 싶다.

별

최현자

저녁에 별이
반짝인다.
별은 참 예쁘다.
별은 하늘에 있다.
나도 별이 됐으면 좋겠다.

왜냐하면 하늘에 가고 싶으니까.

현자는 지금 3학년이고 그 언니, 머리를 늘 곱게 땋아내리고 거니는 '조용한 여자' 현정이는 지금 5학년이다.

딱따구리

최현정

나하고 내 동생하고 있으니
어디선가 딱딱딱 하는 소리가 들렸지요.
어디서 나는 소린가 하고 가만히
귀 기울여 보았지요.
알고 보니 딱따구리였지요.

이 아이들은 늘 이렇게 한가하게 무슨 소린가를 듣는다. 그리고 본다. 보고 듣고 생각한 것을 글로 나타내면 그것이 아이들에겐 시가 된다. 현정이도, 현자도 모두 어머니 없이 잘도 큰다. 현자와 현정이를 생각하면 늘 애틋해진다. 그 자매의 모습이 너무 조용하기 때문이기도 하고, 둘 다 곱게 자라고 있기 때문이다. 둘이 청소도 하고, 밥도 했다는 일기를 나는 늘 본다. 현정아, 현자야 힘내라. 저 피어나는 오동잎같이 넓디넓은 마음을 가지고 세상을 살길 바란다.

까치

최현정

아침에 까치가 우리 집 마당에 앉았지요.

그것을 보고 내가 내 동생에게

마당에 까치가 있다고 말하였지요.

그 말을 들은 내 동생이 달려왔지요.

내 동생이 야 하고 소리치니까

까치가 날라가 버렸지요.

나는 섭섭하였지요.

현정아, 현자야, 이 글을 읽고 있노라면, 나는 너희 둘이 문을 열고 마당에서 노는 까치들을 보고 있는 모습이 그려진단다. 둘이 문턱에 앉은 그림 같은 모습이.

우리 가족이
하는 일

우리 가족이 하는 일

최두나

아빠와

할아버지는

밭에

일 가시고

할머니는

식당에 가시고

엄마는 집에서

일을 하시고 아기 보시고

집안일도 하시고

언니는 학교에서 공부하고 나는 다윤이 보니까

참 좋다.

어느 날 나는 아이들과 글쓰기를 하면서, 가족이 하는 일을 써보자고 했다. 그랬더니, 지금은 2학년인 두나가 이렇게 글을 써왔다. 두나네는 서울에서 귀향했다. 아버지가 트럭 운전사였는데, 일이 잘못된 모양이었다. IMF가 두나네 집까지 미친 것이다. 두나는 꽤 똑똑하고 당차서 자기 몫을 다 찾는다. 두나네 언니인 빛나는 몸이 느리고, 둔하다.

아이들이 운동장에서 노는 것을 나는 먼발치로 바라본다. 유리창에 턱을 고이고 앉아 아이들이 노는 모습을 바라보는 것은 나의 오랜 습관이며, 내겐 가장 한가한 시간이자 행복한 시간이기도 하다. 나는 언젠가부터 사람이 꽃보다 아름답다는 생각을 했는데, 아이들이 노는 모습에서 사람의 가장 아름다운 모습을 발견한다. 웃는 모습, 발짓, 손짓, 넘어지는 모양, 뛰는 모습들, 울고 싸우는 모습들이 참 아름다웠던 것이다. 사람들의 몸짓 하나가 아름답게 보일 때 나는 세상을 사랑하게 된 셈이다. 아이들이 노는 모습을 보고 있다가 안 되겠다 싶으면 나는 6학년을 살짝 데려다 야단을 치기도 했다.

귀봉이와 초이가 동생들 때문에 가끔 나에게 혼나곤 한다. 운동을
하면 빛나가 아이들에게 가장 많이 비웃음을 받고, 빛나 때문에 6학
년들이 나에게 가장 많이 혼이 났다.

　도시에서 살다가 우리 학교로 전학을 온 아이들이 네 명 있는데,
글쓰기를 하면서 이 학생들 때문에 나는 애를 먹었다. 특별하게 아
이들에게 글쓰기에 대해 가르친 게 없는 나는 이 네 아이들 앞에서
늘 막막했다. 글이 잘 되질 않았다. 1학기가 다 가도록 아이들은 제
대로 글을 쓰지 못했다. 건조하고, 밋밋하고, 삭막한 글들만 가지고
왔다. 2학기가 시작되자 아이들은 서서히 자연을 노래하기 시작했
다. 자연이 몸과 마음에 배어들었던 것이다. 글에서 물과 산과 새와

꽃과 나무와 하늘의 구름과 별 들이 보이기 시작했다. 자연은 인간에게 가장 위대한 스승이다. 자연 속에서 사람은 세상의 이치를 배우고, 삶의 철학을 터득하고, 인생을 깨닫는다. 그리하여 자연에게서 배우고 익힌 모든 것들은 흔들림 없는 인격이 된다. 그것은 만고불변의 진리다. 자연만이 인간을 가장 자연스럽게 교육한다. 빛나, 두나, 현정이, 현자는 막은데미라는 마을에 같이 산다. 빛나와 두나와 함께 귀향한 친구들은 세희와 다희다.

저도 만들고 싶어요

일을 하자

김다희

아빠는 일하로 나가셨다.

엄마는 일하러 나가셨다.

언니는 빗자루

나는 걸레 닦았다.

　다희가 그냥 학교에 언니 따라다니며 두나랑 같이 쓴 첫 글이다. 올해 1학년이 된 다희는 공부도 잘하고, 글도 잘 읽고, 글씨도 아주

저같이 야무지고 똑똑하게 쓴다. 그림일기도 잘 쓰고, 수학도 그렇게 잘할 수가 없다. 창우와 같이 문제를 내주면 얼른 하고 다른 일을 한다. 다희가 문제를 다 풀고 다른 일을 하고 있으면, 창우는 꾸무럭거리며 그제야 공부를 시작한다. 다희는 창우가 제 것을 본다고 한쪽으로 책이나 공책을 감춘다. 그런 엉뚱한 창우를 보고 우리 반 모두는 늘 웃는다.

찔레 순이 돋아나자 아이들이 학교 둘레에 있는 찔레 순을 꺾어 먹는 것을 나는 보았다. 요즘 아이들은 찔레 순을 먹는 것을 여기 와서 처음 보았을 것이다. 다희네는 많은 식구가 함께 산다. 할아버

지, 할머니, 어머니, 아버지, 세희, 다희, 주완이 이렇게 일곱 식구
가 산다.

곳감 만들기

김세희

어젯밤에
할아버지께서
곳감을 만들으셨다.
만들기 전에는
먹고 싶었다.
곳감을 만들 때
기계가 참 신기했다.
엄마가 사과를 깍으는
것 같았다.
저도 만들고 싶어요.

  할아버지가 곳감을 깎는 것을 옆에서 보고 쓴 글이다. 옛날엔 곳
감을 손칼로 깎았지만, 지금은 기계로 곳감을 깎는다.

우리 동네는
　　　동물의 천국

비둘기

　　　　이창희

내가 그 비둘기를

만난 것은 지난

겨울.

그 비둘기는 혼자 있었다.

아무래도 외톨이인가

보다.

그런데 지금은 그 비둘기를
볼 수가 없다.
이제는 내가 외톨이가 되었다.

　지금은 중학생이 된 창희의 동시다. 창희는 지금 6학년인 소희의 오빠인데, 짐승들을 유난히 잘 돌보아 키웠다.

우리 동네 동물들

이창희

우리 동네는 하루라도
조용한 날이 없다.

멍멍멍, 야옹, 삐약삐약
짹짹짹, 개굴개굴
깍깍, 음매음매, 끽끽, 깽깽
우리 동네는 동물들의 천국.

　창희 동생 소희는 일기는 잘 쓰는데, 운문은 늘 '실패'한다. 그래도 잘 쓴 한 편의 동시가 있다.

송아지

이소희

귀여운 송아지
그런데
내가 무서운지
손을 내밀면
도망간다.
내가 무서운가보다.

창희는 올해 중학교에 갔는데, 1학년에서 1등을 하고 있다. 늘 어려운 가정 때문에 걱정이다. 그래서 자기가 벌어서 학교에 다닐 생각을 하는 모양이다. 집짐승을 열심히 기르는 것도 한 푼이라도 벌기 위해서인 것 같다. 어렵지만 혼자 열심히 공부를 하는 명석한 아이다. 세상이 어렵다는 것을 일찍 알아가는 아이다. 어떤 때는 창희의 마음 씀씀이 때문에 안타까울 때가 있다. 들리는 말에 의하면, 중학교를 졸업하면 학비를 벌면서 다닐 수 있는 고등학교로 갈 것이라고, 벌써부터 고등학교 다닐 걱정을 하고 있다고 한다.

인수, 인수 동생 선옥이, 은미, 창희, 소희, 다희는 학교 뒷동산 너머, 살구꽃이 피고 지는 여우치 마을에 산다. 마을 옆 동산 느티나

무가 예쁘고, 마을 멀리 운암 호수가 아름답게 펼쳐진 여우치를 나
는 이따금 바라보러 간다. 가난한 마을, 아름답고 소박한 마을에 나
이 든 어른들만 농사를 지으며 산다. 버려진 촌, 우리가 무심히 버린
우리의 고향, 촌은 정말 늘 쓸쓸하고 외롭다. 집 앞에 살구꽃, 산에
언덕에 진달래꽃이 피면 뭘 하나. 꽃도 사람이 있어야 꽃인 것을.

구름 위에 한번 앉아보고 싶다

진욱이

박진산

진욱이는 말랐어

얼굴도 팔도

너무 말랐어.

진욱이는 말랐어

팔을 손으로 쥐면 한손에

잡힌다.

진욱이는 눈으로 보아도

말랐고

만져보아도

말랐어.

　박진욱은 박진하와 친형제이고, 박진철은 박초이의 동생이고, 이 글을 쓴, 그리고 이창희의 시에 나오는 "백두산도 한라산도 아닌 내 친구 이름은 박진산"의 주인공 진산이는 진욱이네 사촌이다. 그러니까, 진욱이, 진하, 진철, 초이, 진산이는 모두 형제다. 전교생이 열여덟 명인데, 다섯 명이 형제지간이라는 말이다. 진산이는 6학년 졸업을 앞두고 사정에 의해 전주로 전학을 갔다. 진하, 창희, 진산이가 학교에 있을 때는 학교가 참 활발했다. 남자아이들이 셋이니, 모든 일에 경쟁심이 발휘되었던 것이다.

구름

박진하

하늘을 쳐다보면

나도 하늘에 올라가

구름 위에 가고 싶다.

구름 위에 앉으면
밑으로 빠질까
아님 그대로 있을까?
구름 위에 한번 앉아보고 싶다.

내 똥꼬

박진하

똥을 누러 화장실에 가면
똥은 뿌지직 잘도 나온다.
포동포동하고 토실토실한 내 똥꼬.

진하네는 주유소를 운영하고 있다. 진산이는 행동이 크고 힘이 있고, 오기가 있어 보이는데, 진하는 좀 유약해 보였다. 끝까지 밀어붙이지 못하고 진산이에게 밀렸다. 같은 학년, 같은 나이지만 진하가 몇 개월 앞에 낳은 형이다. 야구나 축구를 할 때면 둘이 양 팀으로 갈라져야 했는데, 진하가 늘 곤혹스러워하는 모습을 보았다. 그러나 둘이 한 번도 정면으로 부딪치는 것을 나는 보지 못했다. 둘은 잘 참고 견디었다. 어른이 되어서도 그 둘은 잘 지낼 것 같았다.

이 작은 분교에서 그들은 좋은 추억들을 쌓게 될 것이다.

책

박진철

나는 〈사과나무 밭 달님〉이라는

책을 읽으면

참 슬프다. 그래서

나는 그 책을 읽으면

눈물이 글썽인다.

그것은

그 책을

읽어보면 모두 다 알 거다.

　진철이는 지금 4학년이다. 이 글은 진철이가 2학년 때 쓴 글이다. 『사과나무 밭 달님』은 권정생 선생님의 동화책이다. 내가 이 학교로 처음 왔을 때를 나는 잊지 못한다. 그 당시 이 학교는 오래전부터 폐교 대상이었다. 폐교 대상의 학교는 어떤 시설 투자도 받지 못한다. 그렇다고 아이들이 펄펄 살아 움직이는 학교를 이렇게도 험하게 내팽개쳐둘 수 있단 말인가. 몇 년 동안 책은 한 권도 구비하지 않았는지, 낡은 책들만 버려진 채 흩어져 있었다. 교실은 더럽고 지저분한데다, 유리창은 홑창이어서 찬바람이 휭휭 불면 무척 추웠다. 도대체 이게 학교란 말인가? 이렇게 학교를 내팽개쳐두고 무슨 열린 교육을 한단 말인가.

나는 서울에서 출판사를 경영하는 친구들에게 전화해 책을 구입했다. 그 뒤로도 부산의 어떤 독지가가 책을 구해주었고, 우리 아이들 책을 내준 출판사에서도 많은 책을 보내주었다. 입만 열었다 하면, 열린 교육을 입에 달고 다니는 교육 당국에서 돌보지 않는 이 낡은 건물 속에서도 아이들은 보란 듯이 파랗게 자란다.

농부

박진철

영차영차
밭을 매자.
고구마도 심자.
감자도 심자.
벼를 베자.
이 벼를 베서
팔면 돈을 번다.

항상 이런 마음으로

일하는 농부.

진철이는 많은 시를 썼다.

우리 할머니

　　　　　박진철

우리 할머니는 수술을 이틀 앞두고

싸늘한 시신이 되어

집에 돌아오셨다.

그날 낮에 저는

울었습니다.

할머니가 보고 싶어서

울었습니다.

나도 이 시를 보고 코끝이 시큰해졌다.

역사

박진철

옛날에는
아주 훌륭한 인물들이 많았다.

우리나라를 구하신 이순신 장군
윤봉길 의사
이런 사람이 많았다.

잠

박진철

어떤 근심이 있어도
잠은 편안한 것.
힘이 겨워도
잠은 편안한 것.

가진 것이 없어도

잠은 편안하다.

그렇다. 잠만큼 편안한 것이 어디 있겠는가. 읽을수록 그 맛이 더욱 새로워지는 진철이의 시들은 더 많이 있다.

이제 아이들의 동시들을 대충 다 더듬어보았다. 이제 6학년이 되어 우리 반이 된 초이만 남았다. 초이 외에도 우리 학교 학생이 아닌 두 아이의 동시도 재미있다. 서울에서 교환학생으로 온 서산이와 전주에서 온 안민석의 글이다. 지금 3학년인 이 두 아이는 우리 학교에서 일주일을 지냈다.

심심한 날

박초이

심심한 날이 계속된다.

"아이고 심심해."

집에서 빈둥빈둥 노니까 심심하다.

"아이고 심심혀 죽겠네."

학교가 그립다.

"학교야."

초이는 키가 크다. 우리 학교의 모든 일을 초이가 다 한다. 급식이 끝나고 전교생이 설거지를 하는데, 초이, 소희, 귀봉이가 그릇들을 다 씻는다. 아이들이 울면 달래고, 어머니같이 창우와 다희를 돌본다. 아이들이 울거나 싸우면 나에게 혼이 난다. 만약 초이가 없으면 학교가 텅 빈 것 같을 것이다. 초이는 많은 시를 썼다. 일기도 잘 쓴다. "정들었던 선생님과 / 헤어지면 너무 아쉽다. / 앙앙앙 / 아쉽다." 이처럼 간결하게 자기 생각을 표현한다.

내가 선생을 한 지 30년이 되었다. 아이들에게 늘 뭔가 빚을 지는 것 같은 하루하루이지만, 나는 날마다 아이들 앞에 있다는 것이 무엇보다 행복하다. 곁에 아이들이 없는 생활을 나는 한 번도 상상해 보지 않았다. 세상을 살아오면서 그 어떤 가치도 나를 이 아이들의 곁에서 떠나지 못하게 했다.

시대착오적인 생각이라고들 할 테지만, 나는 아이들과 농부들에게 세상의 희망이 있다고 믿고 살았다. 아이들은 나를 늘 세상의 부질없는 욕심에서 벗어나 작은 것에 행복이 있음을 깨닫게 하면서 깨끗하고 아름다운 인생을 살아가라고 가르쳐주었고, 농부들은 어떻게 사는 것이 사람다운 삶인가를 보여주었다. 내 인생에 있어서, 농부들의 삶은 저 동구의 느티나무와 같았고, 아이들은 저 산굽이의 어린 소나무와 같았다.

나는 이 학교에 와서 많은 것들을 배웠다. 이 땅의 교육 현실이 어떤 것인지도 똑똑하게 배웠고, 우리의 교육이 얼마나 잘못되어왔고, 잘못되어가고 있는지도 알았다. 말들은 늘 그럴듯하고 번지르르하게 하지만, 우리가 참으로 언제 우리 아이들에게 세계와 인생과 인간의 희망에 대해서 차분하게 가르친 적이 있던가. 늘 통제하고 닦달하고 억눌러오지 않았던가. 입만 열면 옳은 소리들을 하지만 아이들에게 얼마나 부끄러운 짓들을 많이 해왔던가. 아이들 앞에 서면 나는 어른으로서 늘 부끄럽고 참담해진다. 우리가 정말 언제 이 아이들 앞에 떳떳할 수 있었단 말인가. 교육을 팽개치고 출세를 위해 물불을 가리지 않는 이 어지러운 교육 현실 속에서 선생으로 남기가 얼마나 어려운가를 절실하게 느끼며 나는 날마다 학교에 온다. 아이들은 딴 곳에 있는데, 엉뚱한 곳에서 선생들과 교육부가 뒤엉켜 볼썽사나운 싸움을 해도 이 작은 학교는 아름답고, 아이들은 해맑다.

아이들의 떠드는 소리 속에서 나는 내가 숨쉬는 것을 느낀다. 아이들의 해맑은 얼굴을 하나하나 떠올리면 세상의 모든 근심이 사라진다. 아이들과 함께하는 삶을 나는 큰 복이라고 생각하며 산다. 아무에게나 이런 복된 인생이 주어지는 것이 아님을 나는 잘 안다. 아이들은 거짓을 모른다. 아이들은 늘 나의 스승이었다. 아이들에게는 오직 진실만이 통한다. 진실은 사랑이 아니던가. 사랑은 혁명이

고 부활이다. 나는 이 아이들 속에서 세계를 이해하고, 인생을 배우며, 세상을 사랑하는 법을 배운다. 아이들의 글 속에서 사람의 생각이 얼마나 아름다울 수 있는가를 나는 늘 배운다. 펄펄 눈이 오는 날, 나뭇잎이 파랗게 피어 눈부신 봄날, 우리는 힘차게 뛰고 고함을 지르며 푸르게 자란다. 모두 다 떠나고, 그 누구도 돌보지 않는 이 작은 분교에서 우린 세상과 인간과 더불어 사는 사랑을 자연 속에서 배우고 익힌다.

쓸쓸한 촌

박초이

사람들이

다들 도시로

이사를 가니까

촌은 쓸쓸하다.

그러면 촌은 운다.

촌아 울지 마.

이제 다시는 이 땅에서 이와 같은 아이들의 글이 나오지 않을 것이다. 이제 더이상 이렇게 작은 학교도 존재하지 않을 것이고, 그 어떤 선생도 이와 같은 방법으로 아이들과 같이 글을 쓰려 하지 않을 것이다. 여기 이 아이들의 글은 내 인생에 있어서 가장 아름다운 자유와 사랑, 더할 수 없는 이해와 부드러움, 그리고 더할 수 없는 아름다운 인간관계 속에서 이루어졌다. 그것은 우리에게 복된 일이었다.

사랑한다. 창우, 다희, 선옥, 인수, 동수, 은미, 진철, 현자, 빛나,
세희, 현정, 진욱, 귀봉, 초이, 소희, 진하, 창희 들아.

김용택 선생님.

은행잎의 노오란 빛깔이 정말 곱고 파란 하늘과 잘 어우러져, 마음 한켠에 잔잔한 그리움을 끌어내 어디론가 그 그리움을 찾아 떠나고 싶게 만듭니다.

"엄마, 왜 이렇게 그리워?"

"뭐가 그리운데?"

"지나간 시간이."

"그게 언젠데?"

"시골 학교!"

그러고는 고개를 돌려 그림을 그리는 강원이. 그리움이란 단어가 강원이의 입에서 나올 줄은 꿈에도 생각지 않았던 터라 그 작은 가슴에 그리움이란 어떤 느낌일까 생각하니 가슴이 찡해 오고 이 조그만 녀석의 가슴에도 이제 그리운 뭔가가 자리할 만큼 자랐구나 하는 경이로움으로 다시 한번 그 작은 몸짓을 보았습니다.

아이들과 아이 아빠를 모두 학교와 직장으로 보내고 음악을 들으며 한가로이 앉아 펜을 들었습니다. 강원이는 서울에 오던 날 밤 자기 전에 그곳의 친구들과 헤어진 것이 섭섭해서 울었다 합니다. 시간이 지날수록 더욱 새롭게, 그리고 가끔씩 무엇인가 스쳐지나가는 작은 일에도 그곳에서 보냈던 일들이 떠오릅니다. 아침마다 피어오르던 자욱한 안개가 언제나 눈 뜨면 보고 싶고 산기슭 경사진 밭에서 콩 뽑다 느꼈던 그 서늘하고 상쾌한 강을, 바람을, 다시 몸을 부딪쳐 느껴보고 싶습니다.

주렁주렁 풍성하던 주황빛의 감나무들, 잔잔한 강물에 내려와 쉬던 산의 능선들. 섬진강 줄기 타고 가다 만난 흐드러진 코스모스 길과 작은 바람에도 하늘거리던 억새. 저마다 이야기가 있을 것 같은 산을 뒤로 한 작은 마을들의 정다운 모습. 그리고 선생님의 어머님께서 계시던 그 마을과 집과 산과 강……

정말 많이 행복했고 즐거웠습니다. 제가 즐거워할 때 그곳에서 열심히 일하며 고생하는 소희, 다희, 동수 엄마를 생각하면 미안해서 한편으론 몹시 조심스러웠습니다. 제가 즐겁고 행복했던 것은 진심으로 그 삶을 사랑하고 그 아름다운 자연을 갈망했기 때문입니다. 고생하는 만큼 보람이 되어 그 땅을 지키는 사람들에게 되돌아갈 수 있다면 덜 미안하고 더 기뻤을 텐데. 폐허로 남을 집들과, 그 땅을 지키는 사람들이, 살아갈 날이 얼마 남지 않으신 어르신들뿐이라는 것이 마음이 아팠고, 백성의 삶에는 아랑곳없이 정권 다툼에만 여념이 없는 위정자들에게 분노를 느꼈습니다. 분명히 그 아름다운 땅을 지키고 살면서 보람과 긍지를 느낄 수 있는 방법이 있을 텐데, 비어가는 농촌의 학교들이 참담하기까지 합니다.

모두 보고 싶습니다. 그 아이들도 또 부모님들도 모두 형편이 나아지면 그곳을 떠날 마음의 준비를 하고 있을 것을 생각하니, 그리움이 아픔이 됩니다. 현정이와 현자가 이상하게도 제일 보고 싶고 안쓰러운 생각이 듭니다. 그리고 인수와 동수, 마음이 참 맑고 순수하고 따뜻했는데. 초이, 소희, 귀봉이, 진욱이, 진철이, 세희, 다희, 빛나, 두나, 명운이, 선옥이, 창우, 그리고 씩씩한 은미. 할아버지와 은미를 생각하면 아예 한식구로 그렇게 살 수 있다면 참 좋겠다는 생각도 했습니다. 할아버지께서 오래도록 건강하셔야 하는데 걱정입니다.

당연히 풍요롭고 행복하고 넉넉해야 할 우리의 시골이 폐가들로 을씨년스럽고, 생활고에 시달려 모두들 지친 것 같아 마음이 아프기 그지없습니다. 선생님 어머니께서 지키며 사시는 그 마을에도, 그날 마을회관에서 함께 식사하시던 어른들이 동네 사람의 전부라 하던데, 젊은이의 모습은 찾아볼 수 없고 모두 연세가 지긋한 분들뿐이었습니다. 돌아오는 길에 저분들이 돌아가시면 이 마을엔 누가 살까 생각했습니다. 도회지로 떠난 자식들은 저 힘없는 몸으로 지은 농작물을 우리 농산물이라고, 순 우리 국산이라고 흐뭇해하며 쌀이며 콩이며 깨며 한 보퉁이씩 차에 싣고 떠나고는 또 잊은 듯 몇 날 며칠을 보내고, 특별한 명절이나 어른 생신 때 가끔 얼굴을 들이밀 것을 생각하니 뭔가 알맹이 없는 삶을 살고 있는 듯했습니다.

　모두 행복했으면 좋겠습니다. 현정이, 현자, 인수, 선옥이, 소희, 소희네 식구들, 은미와 할아버지, 동수네 가족…… 모두 그곳에서의 생활이 행복했으면, 아니 행복할 것인데, 행복한데 괜스레 너스레를 떨고 있는지도 모르겠습니다. 모두 그곳이 언젠가는 떠날 그런 곳이 아니라 지키며 뿌리내리고 살 수 있는 곳으로 넉넉할 수 있게 되었으면 합니다. 그래도 그곳의 아이들은 선생님께서 지켜주시기에 세상의 그 어떤 아이들보다도 행복해 보였고, 저의 아이들 또한 선생님과 아이들과 인연을 맺을 수 있었던 것을 큰 행운으로 생각합니다.

　선생님,

가끔씩 아이들과 선생님을 뵈러 가야겠습니다. 그래서 끊겨진 필름이 아니고 계속되는 영상으로 아이들에게 진정으로 시골의 삶이 낯설지 않게 해주고 선생님의 시와 글을 가슴으로 느끼게 해주고 싶습니다.

그곳에 있을 때 저는 진심으로 행복했습니다. 그래서 하나도 힘들지 않았고 몸도 건강한 느낌이었는데, 제자리로 돌아오니 다시 몸도 힘들고 늘 자리에 눕고만 싶고 머리가 무겁습니다.

어디에, 어느 모습으로든 그 환경에 긍정적이고 동등하게 적응할 수 있다면 살아가는 지혜의 절반은 익힌 거라 생각했습니다. 강원이, 명원이가 어디에서든 어떤 환경에서든 밝게 살아갈 수 있기를 늘 소망합니다.

감사합니다. 그저 선생님을 만날 수 있었다는 것이 그 황폐해가는 시골에서 울타리를 만난 것 같고 그냥 행복하고 듬직했습니다. 무엇보다 선생님의 글을 만날 수 있어서 저는 무척 기쁩니다.

선생님, 건강하세요. 또 편지 드리고 11월 셋째 주나 넷째 주 토요일에 만들기 재료를 준비해가지고 뵙겠습니다.

안녕히 계세요.

장미숙 드림

P. S.

다른 선생님들께도 안부 좀 전해주세요.

아이들 모두에게 쓰고 싶었는데, 다 못 쓰고 보냅니다.

특별히 현정이, 현자에게 서운해 말기를 전해주시고 저의 관심과 사랑을 전해주세요. 세희, 다희, 귀봉이, 빛나, 두나, 진욱이, 명운이에게 곧 편지하겠다는 약속도 전해주세요.

감사합니다.

　창우야, 다희야 봄이구나. 나는 지금 교실 유리창에 이마를 대고 창밖을 보고 있단다. 강 건너 산 아래 마을에 매화가 하얗게 피어 있고, 산수유꽃도 노랗게 피어 있구나. 조금 있으면 복숭아꽃 살구꽃 들이 얼마나 피어나 가난한 마을들을 환하게 밝혀줄까. 우리가 사는 세상에 봄이 온 것이지. 이렇게 봄이 오는 창가에 서 있으니 너희들과 지낸 지난 5년 동안의 일들이 그립구나.

　지금쯤 너희들이랑 뛰어놀던 학교 뒷산 소나무숲 아래 제비꽃이 피어나겠지. 솔숲 아래 솔잎 속에서는 그 얼마나 많은 새싹들이 부산을 떨고 있을까. 물이 오를 대로 오른 솔잎들은 봄바람에 그 얼마나 파란색을 찾아가며 싱그러울까. 소나무 가지에서 가지로 날아다니는 작은 박새들의 노랫소리는 또 그 얼마나 낭랑할까.

　창우야, 다희야. 너희들과 지낸 많은 시간들은 너희들이나 나에게 행복한 시간들이었다. 너희들과 내가 지내는 일들이 세상에 조금씩 알려지고, 세상 사람들이 우리에게 보내주던 관심을 잊지 말아야 할 것이다. 우리를 서울로 초청해서 서울 구경을 시켜주었던 분들이 있었다. 아마, 우리는 서너 번쯤 그렇게 서울을 갔었다. 어느 해였던가. 또 우리는 대구의 어떤 분의 초청을 받고 경주엘 갔었지. 그분들이 베풀어주었던 그 따뜻하고도 자상한 배려들을 우리가 어찌 잊을 수 있겠니?

어느 해였다. 철도청에서 또 우리를 초청해서 기차를 태워주었지. 기차를 타고 산벚꽃이 활짝 핀 산천을 신나게 달리던 날들, 마치 꽃길을 뚫고 달리는 것처럼 우리는 행복했다. 늘 과자를 보내주던 부산의 어떤 아주머니, 학기 때마다 학용품을 보내주던 서울의 어떤 학용품 가게 아주머니, 작년에는 또 제주도에서 어떤 아주머니가 귤 스물다섯 상자를 보내주었지. 집배원 아저씨가 가져오지 못하니까 자동차로 실어 와 쌓아놓은 귤을 보며 우리는 얼마나 고맙고 기뻐했니?

지나가다 들렀다며 공책과 연필을 가져온 아저씨와 아주머니들, 토요일과 일요일 우리가 없을 때 교실 밑에다가 두고 간 사과상자, 아, 그리고 내가 제일 존경하는 역사학자이신 이기백 선생님이 너희들 주라고 초콜릿을 두 상자나 보내주셨지. 나는 그때 며칠이나 사는 기쁨에 젖어 지냈단다. 나는 그분에게 이렇게 편지를 썼단다. 창우와 다희도 청년이 되어 선생님이 쓰신

역사책을 보며 세상에 자기를 반듯하게 세울 거라고 말이다. 난 너희들이 자기 자신만을 위해 세상을 사는 사람이 아니라 세상을 위해 살아갈 것이라고, 그럴 것이라고 굳게 믿는단다. 세상의 많은 분들이 우리에게 보여준 그 작고 눈물겨운 사랑이 우릴 그렇게 큰 봄산 같은 사람이 되라고 가르쳤으니까.

창우야 다희야, 바람이 분다. 생각나니, 봄바람이 불고 운동장가 벚나무 꽃잎이 바람에 날릴 때 입으로, 손으로 꽃잎을 받으려고 뜀박질을 하던 일이며, 작고 어여쁜 봄꽃들을 찾아다니던 일이며, 개구리 뒤를 따르던 일이며, 우리 셋이 나란히 앉아 하얀 개망초꽃을 들여다보던 일이며, 매미 소리를 듣고 이 나무 저 나무로 매미를 찾아 나서던 일, 거미줄에 걸린 이슬방울이 거미줄을 다고 쪼르르 굴리가던 모습을 오래오래 비리보던 일들이. 하루하루가 우리에게는 행복한 시간이었지.

운동장을 걸으며 내 곁으로 와 내 손을 잡던 손이 따뜻한 다희야, 책상에 앉아 있으면 내 어깨에 손을 얹고 내 목을 껴안던 창우야. 마지막 날 내 곁을 떠나지 못하고 내 주위를 뱅뱅 돌던 다희야. 인사를 하고 운동장을 걸어가며 옷소매로 눈물을 닦던 창우야. 정말 너희들이 그립고 보고 싶어서 나는 이렇게 철없이 목이 메어 속으로 운단다. 새로 온 학교에서도 나는 창우와 다

희, 너희들과 같은 친구들을 일곱이나 만났단다. 때로, 문득 낯
설어 너희들이 자꾸 그립지만 또 이 친구들과 정이 들겠지.

창우야, 다희야, 봄이구나. 산에 강에 언덕에 돋아나는 새 풀
들과 나뭇가지마다 새로 꽃과 잎 들이 돋아나는 저 자연의 어김
없음과 위대함과 거짓 없음과 저 아름다운 생명력을 우린 배웠
다. 크고 거대한 것들이 세상을 지배하고 이끄는 것 같아도 실
은 저 작은 꽃들과 풀잎들만큼 세상을 아름답고 행복하게 가꾸
는 것은 없다.

나는 창우와 다희 너희들이 자신을 소중하게 여기고, 사람과
자연을 귀하게 가꾸어가는 고운 사람이 될 것을 믿는다. 지금
내가 있는 학교에서도 강이 보인다. 늘 반짝이는 저 강물을 보
며 나는 때때로 너희들이 보고 싶을 것이다. 그러면 나는 너희
늘에게 편시를 쓰마. 소나무는 겨울에도 죽지 않고 씩씩하다고
시를 쓰던 창우야, 다희야. 몸과 마음이 봄날의 저 소나무처럼
늘 싱그럽고 푸르거라.

김용택 선생님 씀

김용택의 섬진강 이야기 6

창우야 다희야, 내일도 학교에 오너라

ⓒ김용택 2013

초판 인쇄 | 2013년 1월 11일
초판 발행 | 2013년 1월 18일

지은이 김용택
펴낸이 강병선
책임편집 이연실 | 편집 주상아 박영신 | 독자모니터 이상효
디자인 엄혜리 최미영 | 마케팅 우영희 나해진 김은지
온라인마케팅 김희숙 김상만 이원주 한수진
제작 서동관 김애진 임현식 | 제작처 영신사

펴낸곳 (주)문학동네
출판등록 1993년 10월 22일 제406-2003-000045호
주소 413-756 경기도 파주시 문발동 파주출판도시 513-8
전자우편 editor@munhak.com | 대표전화 031)955-8888 | 팩스 031)955-8855
문의전화 031)955-2660(마케팅) 031)955-2651(편집)
문학동네카페 http://cafe.naver.com/mhdn | 트위터 @munhakdongne

ISBN 978-89-546-2034-5 04810
       978-89-546-2028-4 04810 (세트)

* 이 책의 판권은 지은이와 문학동네에 있습니다.
  이 책 내용의 전부 또는 일부를 재사용하려면 반드시 양측의 서면 동의를 받아야 합니다.
* 이 도서의 국립중앙도서관 출판시도서목록(CIP)은 e-CIP 홈페이지(http://www.nl.go.kr/
  ecip)와 국가자료공동목록 시스템(http://www.nl.go.kr/kolisnet)에서 이용하실 수 있습니다.
  (CIP제어번호: CIP2013000067)

www.munhak.com